哈福

哈福

哈福

\ 到日本旅遊，看這本就夠了 /

世界最簡單
自助旅行日語

（ 一生必去的日劇和日本熱門景點，簡單日語就行了！
迅速教會你敢講、敢說，一個人到日本旅遊也不怕！ ）

附QR碼線上音檔
行動學習·即刷即聽

渡邊由里・林小瑜 ◎合著

哈福

羅馬拼音輔助
不會日文，也能玩瘋日本

如果您只是想去日本旅遊的觀光客，難得計畫一趟旅行，想徹底放鬆心情，順便好好充個電，可是礙於不會說日語，所以，只好參加旅行團排定的行程，無法自遊自在的觀光，這樣不是很可惜嗎？雖然旅行社把食宿、參觀景點的問題，都打理好了。可是相對的，旅行的樂趣，也減少許多。就算自己之前不懂日語，可是在日本能用日語跟當地人溝通，那種成就感和奇妙的經驗，將為您的日本之旅，增添許多快樂、有趣的回憶。

一到日本，首先碰到的就是交通問題。這時候站牌、指示牌、車廂廣告及車內廣播等，整個大環境就像是一個活動教室，一有機會馬上脫口說日語，並且馬上用第一人稱，造一個跟自己有關的句子。這時候車站的服務員，飯店、餐廳的服務生、商店的店員，甚至路人，都是您交談的對象。

◆7天前，到日本旅遊先修教材

本書收集了日本旅遊時，所應必備的各式簡單觀光日語，如：食、衣、住、行、育、樂等。從踏上日本機場開始，所有在日本觀光時，會面臨的情境會話，盡在本書中；教您不假思索就能說日語的秘訣。

其中最大的特色是，除了日本人常說的一般會話句子外，還有最好用的超迷你會話。超迷你會話所用的所有句子，都是超短的，短到讓您覺得不可思議。有人會問，那真能溝通嗎？

事實上，在那個場合、那個時候，再善用自己的肢體語言，這樣的超迷你句就能達到溝通的效果了。想玩得愉快的人，請拿這本書，輕鬆的、積極的跟日本人聊聊天吧！

　　再說，您不用擔心自己完全不懂日語，或者擔心自己無法在短時間內，學會說日語。因為書中所有的會話，都標註了羅馬拼音，您只要看羅馬拼音，就能立刻說出日語，完全沒有學習上的負擔。

　　旅遊的樂趣，不僅在於shopping，還在於體驗異國的風俗民情，以及實際到當地接觸該國的語言，而這個學習語言的機會，也是旅行的附加價值之一。如果，您是想要學好日語的哈日族，或是日文系的同學，實際到日本走一遭，在聽、說能力方面，絕對有很大的幫助。

◆本書使用方法

⊙每一句會話，除了超迷你句之外，上面並附有一般的表現。

⊙為了方便初學者，一般句及超迷你句下面，並標有羅馬拼音。

⊙超迷你句上面的（　）中，有說明適合當時的場合，必須的動作及注意事項。

⊙本書線上MP3，是特請專業的錄音老師，以純正的日本標準東京音錄製而成。每句日語念兩遍，一遍快、一遍慢，隨時隨地，搭配學習，還可以行動學習，超方便，這將有助於你掌握念羅馬拼音的技巧，更快的學好觀光日語。

　　本書教您：1.輕鬆學好旅遊日語的方法；2.說一口流利觀光日語的方法。這將會是改變您一生的機會！把握住，跟著學，一步一步來，你會很訝異自己進步的神速！

Contents

Contents

日語先修班

發音

MP3 02 一、清音

段 行	あ		い		う		え		お	
ア	あア	a	いイ	i	うウ	u	えエ	e	おオ	o
カ	かカ	ka	きキ	ki	くク	ku	けケ	ke	こコ	ko
サ	さサ	sa	しシ	shi	すス	su	せセ	se	そソ	so
タ	たタ	ta	ちチ	chi	つツ	tsu	てテ	te	とト	to
ナ	なナ	na	にニ	ni	ヌ	nu	ねネ	ne	のノ	no
ハ	はハ	ha	ひヒ	hi	ふフ	hu	へヘ	he	ほホ	ho
マ	まマ	ma	みミ	mi	むム	mu	めメ	me	もモ	mo
ヤ	やヤ	ya			ゆユ	yu			よヨ	yo
ラ	らラ	ra	りリ	ri	るル	ru	れレ	re	ろロ	ro
ワ	わワ	wa							をヲ	o
	んン	n								

MP3 03 二、濁音

段 行	あ		い		う		え		お	
が	がガ	ga	ぎギ	gi	ぐグ	gu	げゲ	ge	ごゴ	go
ざ	ざザ	za	じジ	ji	ずズ	zu	ぜゼ	ze	ぞゾ	zo
だ	だダ	da	ぢヂ	ji	づヅ	zu	でデ	de	どド	do
ば	ばバ	ba	びビ	bi	ぶブ	bu	べベ	be	ぼボ	bo

MP3 04 三、半濁音

段 行	**あ**			**い**			**う**			**え**			**お**		
ぱ	ぱ	パ	pa	ぴ	ピ	pi	ぷ	プ	pu	ぺ	ペ	pe	ぽ	ポ	po

MP3 05 四、拗音

きゃ	キャ	kya	きゅ	キュ	kyu	きょ	キョ	kyo
しゃ	シャ	sha	しゅ	シュ	shu	しょ	ショ	sho
ちゃ	チャ	cha	ちゅ	チュ	chu	ちょ	チョ	cho
にゃ	ニャ	nya	にゅ	ニュ	nyu	にょ	ニョ	nyo
ひゃ	ヒャ	hya	ひゅ	ヒュ	hyu	ひょ	ヒョ	hyo
みゃ	ミャ	mya	みゅ	ミュ	myu	みょ	ミョ	myo
りゃ	リャ	rya	りゅ	リュ	ryu	りょ	リョ	ryo
ぎゃ	ギャ	gya	ぎゅ	ギュ	gyu	ぎょ	ギョ	gyo
じゃ	ジャ	ja	じゅ	ジュ	ju	じょ	ジョ	jo
びゃ	ビャ	bya	びゅ	ビュ	byu	びょ	ビョ	byo
ぴゃ	ピャ	pya	ぴゅ	ピュ	pyu	ぴょ	ピョ	pyo

日語字母

　　日語字母叫做假名，它是利用漢字創造出來的。日語的每個假名都有兩種寫法，一種叫平假名，另一種叫片假名。一般使用平假名，而片假名主要來表示外來語。現代日語書寫一般採用漢字和假名混用的方式。

2 迷你會話方程式

❶ 跟對方要東西時，就用

東西+ください

給我一杯葡萄酒。

ワインを一杯<ruby>いただけ<rt>いっぱい</rt></ruby>ませんか。

迷你句→ ワインをください。

給我一份雜誌。

<ruby>雑誌<rt>ざっし</rt></ruby>をいただけませんか。

迷你句→ <ruby>雑誌<rt>ざっし</rt></ruby>をください。

❷ 跟對方要東西，請對方做什麼事時

東西・事情+お願いします。

給我一杯咖啡。

コーヒー一杯<ruby><rt>いっぱい</rt></ruby>もらえませんか。

迷你句→ コーヒー、お<ruby>願<rt>ねが</rt></ruby>いします。

麻煩這個包裹用空運。

この<ruby>小包<rt>こづつみ</rt></ruby>を<ruby>航空便<rt>こうくうびん</rt></ruby>でお<ruby>願<rt>ねが</rt></ruby>いします。

迷你句→ <ruby>航空便<rt>こうくうびん</rt></ruby>でお<ruby>願<rt>ねが</rt></ruby>いします。

❸ 省略助詞「を」等, 意思還是可以通的

請給我一杯紅茶。

紅茶をください。

迷你句→ 紅茶ください。

給我一杯水。

お水をお願いします。

迷你句→ お水お願いします。

❹ 省略助詞後面的動詞，意思也是一樣的

給我這個。

これをください。

迷你句→ これを。

請給我一杯水。

お茶を一杯もらえませんか。

迷你句→ お茶を。

我第一次到這裡來。

こちらへは初^{はじ}めてです。

迷你句→ 初^{はじ}めてです。

這裡是3424號房。

こちらは3424号室^{ごうしつ}ですが。

迷你句→ 3424^{さんよんにょん}です。

這給我一個。

これを一^{ひと}つください。

迷你句→ これ一^{ひと}つ。（指著菜單上的菜說）

請把這個換成日圓。

これを日本円^{にほんえん}に換^かえてください。

迷你句→ 日本円^{にほんえん}に。（邊遞錢邊說）

❼ 問對方可不可以用「名詞+でいいですか」、「 詞+ていいですか」

這裡可以刷卡嗎？

ここはカードで払ってもかまいませんか。

迷你句➡ **カードでもいいですか。**

這件毛衣可以摸摸看嗎？

このセーターは触ってみてもいいですか。

迷你句➡ **触っていいですか。**

❽ 省略「〜てください」後面的「ください」

等一下。

ちょっと待ってください。

迷你句➡ **ちょっと待って。**

給我看一下那個皮包。

あのバッグを見せてください。

迷你句➡ **あれを見せて。**

3 超實用基本會話

一、打招呼

「こんにちは」（你好）跟「さようなら」（再見）的招呼，是注重禮節的大和民族，生活上不可或缺的。因此，無論何時遇到熟人，都必定要互打招呼。

早上，一般指起床後到上午十點左右，遇到人說：

♨ おはようございます。（早上好！）

白天，一般指太陽未落山以前，遇到人說：

♨ こんにちは。（你好！）

黃昏之後說：

♨ こんばんは。（晚上好！）

如果隔了很久又遇上友人時，先說：

♨ お久しぶりですね。（好久不見。）

接著問候：

♨ お元気ですか。（你好嗎？）

對方要應答：

♨ おかげさまで元気です。（托您的福，我很好。）

還有跟附近常照面的人見面時，常就天氣寒暄幾句，例如：

♨ いいお天気ですね。（天氣真好啊！）

♨ 今日は暖かいですね。（今天真暖和啊！）

再見時，則根據當時的情況選擇最合適的說法。例如，訪問時間是晚上，回家時已經很晚了，就要說：

♨ おじゃましました。（打擾您了。）

並說：

♨ おやすみなさい。（晚安；再見。）

然後退出來，這樣的告辭就很自然。

♨ ではまた。（那麼改天見。）

♨ じゃあ。（我走了。）

♨ またね。（改天見時。）

這是對更親近的人說。而對朋友、親近的年長者、比自己年輕的人都可以含著期待下次能再會的語氣說：

♨ さようなら。（再見。）

如果對方是必須表示敬意的老師、長輩等，可以說：

♨ これで失礼します。（那麼恕我失陪了。）

至於向對方表示自己該告辭了，或自我提醒該走了，可以用：

♨ そろそろしつれいします。（我該告辭了。）

最後，在晚飯後睡覺前告辭時，別忘了用：

♨ おやすみなさい。（晚安。）

二、用「ありがとうございました」表現你的感謝

日語中最美的語句是什麼呢？以前，ＮＨＫ曾對活躍於各大公司行號的主管級人員做過問卷調查，內容是讓人聽來覺得極為悅耳的美麗語句，其中首推「ありがとう」這句了。

「ありがとう」確實擁有一種不可言喻的美麗的聲響。不管是到日本旅遊、留學或商務，得到別人的幫忙當然要表示感謝，但是請對方幫忙，但對方無能為力，也別忘了說一聲：

♨ ありがとうございました。（謝謝你。）

搭乘公車，下車時跟公車司機說聲：「ありがとうございました」。有些公車司機還會親切地回您：「行ってらっじゃい」（請慢走。）呢！

到咖啡廳喝咖啡，服務生為您端上咖啡時，也別忘了說一

句：「ありがとうございました」。這句話不僅包涵了「辛苦你了！」的意思，也有「為我端來我想喝的咖啡，謝謝你！」的意思。

有這麼美的語句，不好好的使用，不是很可惜嗎？相反地，別人跟你道謝時，請回：

♨ どういたしまして。（別客氣。）

♨ なんでもありません。（沒什麼。）

就很得體了。其中「どういたしまして」是諒解的禮貌說法，而「なんでもありません」重點在表示諒解上。

三、道歉時說「すみません」

♨ すみません（對不起，請問…。）

是用在有所失誤表示抱歉時；它也可以用在向對方求助或要東西時做事先打招呼；也可用在向對方問路或打聽事物時。

♨ ごめんなさい。（失禮了，失陪了。）

在有小失誤表示歉意時用的；又也是請別人讓路或給方便時的客氣話。

♨ 失礼（しつれい）しました。

這句則用在有小失誤或無意中失禮後表示歉意時；也用在作客或談話結束後告辭時。

♨ どうも申し訳ありません。（非常對不起，實在抱歉。）

是用在有較大失誤或對尊長表示歉意時。例如占用對方時間、失約，給對方帶來麻煩時。

四、「ください」跟「お願い」

看電影，坐計程車、買車票到餐廳點菜、咖啡店點飲料，別忘了後面要加上「ください」（請～）或「お願い」（麻煩）。如果省去不說，就有命令的意味了。由於並不是複雜的長文，只要在您所想要的東西、想去的地方後面加上「ください」、「お願い」就可以了。

在餐廳或咖啡店裡：

♨ コーヒーをください。（請給我咖啡。）

搭乘計程車時，加在目的地後面就沒問題了。

♨ 上野駅、お願いします。（麻煩到上野車站。）

看電影買票時。

♨ 大人一枚、お願いします。（麻煩一張大人的。）

在飯店櫃台，訂房位時，

♨ シングル、お願いします。（麻煩，單人房。）

在商店，看見中意的東西時，

♨ これをください。（請給我這個。）

電話裡用，

♨ 佐藤さんをお願いします。（麻煩您，我找佐藤先生。）

如此這般地，在各種場合皆可應用這二個字，這二個字有禮得體又便利。

五、「いただきます」跟「けっこうです」

日本人在吃飯前習慣說：

♨ いただきます。（我吃了。）

吃完飯後說：

♨ ごちそうさま。（我吃飽了，謝謝您的款待。）

這是上一代傳給下一代的習慣，也可以說是日本的傳統文化之一。「いただきます」是「敬領賜予」之意；「ごちそうさま」有「感謝美食」之意。在接受款待時，這二句話除了表示您對主人的感謝之情，也可表現出您的教養。因此不可忽略。

「けっこう」本意是「好、很好」的意思。但在口語中常用於表示接受或謝絕。因此根據當時對話情景的不同，有時意為「好；可以」。有時則意為「不；夠了；不要了」。

對方是接受還是謝絕，可通過對方的表情、手勢語氣來判斷。接受時語氣痛快，表情明朗。謝絕時態度禮貌，有輕微的低頭或手勢。而且句前常加「いや」、「もう」、「いいえ」。

例如再次給對方倒茶時，對方若說：

♨ もういいです。 （已經夠了。）

或是：

♨ いいえ、けっこうです。 （不，不要了。）

等等。就是表示謝絕了。

六、用「これは何ですか」積極地打開話匣子吧

光是「ありがとう」、「すみません」是不夠的，老是「はい」、「いいえ」也沒趣。想打開話匣子必須化被動為主，擺出攻擊的姿態，拿出5 W1H的武器，積極地問個痛快吧！：

♨ いつ、どこ、何、だれ、どれ。

（何時、何地、什麼、誰、哪個。）

♨ いつご出発ですか。 （什麼時候出發？）

♨ トイレはどこですか。 （廁所在哪裡？）

「どこ」是詢問場所的疑問詞，「…はどこですか」（～在哪裡？）是很常使用的句型，要好好記住喔！

♨これは何_{なん}ですか。（這是什麼？）

♨だれに聞_きけばいいですか。（問誰好呢？）

♨どちらがおすすめですか。（您推薦哪個？）

♨それはなぜですか。（為什麼？）

♨いま、何時_{なんじ}ですか。（現在幾點？）

其它如：

♨いくらですか。（多少錢？）

這是詢問多少錢的疑問句型。

♨彼女_{かのじょ}はいくつですか。（她幾歲？）

也是常用、實用的句子。

七、用「もう一度いってください」再反問一次

　　聽不清楚或無法理解對方所說的話時，請積極地反問對方吧。最簡單的一句話是：

♨え？何_{なん}ですか。（耶？什麼？）

要不然這麼說：

♨もう一度_{いちど}いってください。（請你再說一遍。）

日本人說話速度很快，這時請說：

♨ もう少しゆっくりいってください。（請再說慢一點。）

對方知道您是外國人一定會慢慢地再說一次。

還有一句話。是中國人常用的，那是：

♨ 漢字で書いていただけませんか。（能幫我寫漢字嗎？）

「漢字」是指日本古代由中國引進漢文的字。雖然日語在吸收漢字詞的過程中，也有變形走樣的情形，但是現在中日兩國共通的漢字。還是壓倒性地偏多，這就是為什麼筆談就能與日本人溝通了。

八、用「ああ」表現感動之情

表示感情的幾個感動詞，若能適時適地的應用，將使會話更生動活潑。

常被使用的有「ああ」一詞，相當於中文的「啊！唉！嘿！」。不僅表示驚喜，也表示悲歎等感情，用起來極為方便。

表示感歎的感動詞：大都使用在驚訝、驚嘆、思考或想某事發出的聲音。

驚嘆：ああ、なんときれいな景色でしょう。

（呀！多美的風景啊！）

驚訝：あ、たいへんだ。（唉呀！可不得了！）

思考：ええと、どうしよう。（嗯！怎麼辦好呢？）

贊賞：これはこれは、よくいらっしゃいました。

（唉呀呀，非常歡迎。）

客氣：いや、かまいません。（不，沒關係。）

苦痛：ああ、痛い。（唉啊！好痛！）

表示呼喚的感動詞：大都用於呼喚別人或說話時調整語氣提醒對方。

♨ ちょっと、いいですか。（喂，可以麻煩一下嗎？）

♨ あの、今何時ですか。（請問，現在幾點？）

♨ あのね、陳さん。（喂，陳先生啊！）

♨ もしもし、鈴木さんですか。

（喂！喂！鈴木先生嗎？）〔在電話中〕

表示回答的感動詞：大都是回答別人或發問時間。

♨ はい、今すぐ参ります。（是！馬上就去。）

♨ ええ、そうです。（是的，是那樣。）

♨ いや、そんなことはない。（不，沒有那麼回事。）

随手筆記

第一章

在飛機內

1 找座位

☑ 我的座位在哪裡？

わたし せき
私の席はどこですか。

watashi no seki wa doko desuka?

超迷你句 （邊出示登機證邊說）

どこですか。
doko desuka?

☑ 行李要放在哪裡？

にもつ お
荷物はどこに置いたらいいでしょうか。

nimotsu wa doko ni oitara ii desho ka?

超迷你句

にもつ
荷物はどこに。
nimotsu wa doko ni.

☑ 可以幫我換到窗邊的座位嗎？

まどがわ せき
窓側の席にしていただけませんか。

madogawa no seki ni shite itadakemasen ka?

超迷你句

まどがわ ねが
窓側をお願いします。
madogawa o onegai shimasu.

26

☑ 能幫我換到朋友旁邊的座位嗎？

友人の隣の席にしてもらえませんか。

yuujin no tonari no seki ni shite moraemasen ka?

超迷你句　　　（可以邊指著空座位邊說）

友人の隣に。

yuujin no tonari ni.

 應急單字

スチュワーデス	空中小姐
通路側	走道
窓側	窗邊
手荷物	手提行李
離陸	起飛
着陸	降落

スチュワーデス

窓側

通路側

手荷物

MP3 07

□ 請給我雞排。

チキンの方をお願いします。

chikin no hoo o onegai shimasu.

超迷你句 （後面雖省略了「お願いします」但意思是一樣的）

チキンを。

chikin o.

□ 請再給我一瓶啤酒。

ビールをもう一本お願いします。

biiru o moo ippon onegai shimasu.

超迷你句 （同上）

ビールを。

biiru o.

□ 請給我一杯紅葡萄酒。

赤ワインを一杯お願いします。

akawain o ippai onegai shimasu.

超迷你句 （口語上常省略「ください」前面的助詞「を」）

赤ワインください。

akawain kudasai.

☑ 請您給我一杯咖啡。

コーヒーを一杯いただけませんか。
いっぱい

koohii o ippai itadakemasen ka?

超迷你句

コーヒー一杯。
いっぱい

koohii ippai.

☑ 請給我一杯水。

お水を一杯もらえませんか。
みず　　いっぱい

omizu o ippai moraemasen ka?

超迷你句　（「水」前面加「お」是比較有禮冒的）

水、お願いします。
みず　ねが

mizu onegai shimasu.

☑ 請再給我一些紅茶。

もう少し紅茶をもらえますか。
すこ　こうちゃ

moo sukoshi koocha o moraemasu ka?

超迷你句　（跟服務人員要東西時，可以用「すみません」先做招呼）

すみません。紅茶を。
こうちゃ

sumi masen. koocha o.

☑ 請給我加冰塊的威士忌。

ウィスキーをロックで<ruby>お願<rt>ねが</rt></ruby>いします。
uisukii o rokku de onegai shimasu.

超迷你句

ウィスキーをロックで。
uisukii o rokku de.

應急單字

ビーフ	牛排
<ruby>魚<rt>さかな</rt></ruby>	魚
アルコール	含酒精成分飲料
<ruby>白<rt>しろ</rt></ruby>ワイン	白葡萄酒
コーラ	可樂
オレンジジュース	柳橙汁

<ruby>白<rt>しろ</rt></ruby>ワイン　アルコール

ビーフ

<ruby>魚<rt>さかな</rt></ruby>　コーラ　オレンジジュース

3 機內買免稅品

MP3 08

☑ 這個多少錢？

これはいくらですか。
kore wa ikura desuka?

超迷你句 （以客為尊的日本，客人說話後面不加「です」等敬語，是很一般的）

これ、いくら。
kore, ikura.

☑ 付日幣可以嗎？

日本円で払ってもかまいませんか。
nihonen de harattemo kamaimasen ka?

超迷你句 （加上「です」等敬語，讓人感覺客氣有禮）

日本円でいいですか。
nihon en de ii desuka?

☑ 這裡可以用信用卡嗎？

ここではクレジットカードを扱ってますか。
koko dewa kurejittokaado o atsukattemasu ka?

超迷你句

カードでもいいですか。
kaado demo ii desuka?

☑ 有哪些品牌？

どんなブランドがありますか。
donna burando ga arimasu ka?

超迷你句　　（尾音提高，就有疑問的意味了）

ブランドは。
burando wa.

☑ 給我這個。

これをください。
kore o kudasai.

超迷你句　　（這裡後面省略了「ください」但意思是一樣的）

これを。
kore o.

☑ 給我兩條領帶。

ネクタイを二本ください。
nekutai o nihon kudasai.

超迷你句

ネクタイ二本。
nekutai nihon.

應急單字

タバコ	香菸
カートン	條（香菸10盒）
<ruby>香水<rt>こうすい</rt></ruby>	香水
<ruby>化粧品<rt>けしょうひん</rt></ruby>	化妝品
<ruby>財布<rt>さいふ</rt></ruby>	皮包
<ruby>酒<rt>さけ</rt></ruby>	酒

タバコ

<ruby>香水<rt>こうすい</rt></ruby>

<ruby>化粧品<rt>けしょうひん</rt></ruby>

<ruby>財布<rt>さいふ</rt></ruby>

<ruby>酒<rt>さけ</rt></ruby>

4 跟鄰座的乘客聊天

☐ 可以抽煙嗎？

タバコを吸ってもいいですか。

tabako o suttemo ii desuka?

超迷你句 （邊出示香菸邊說）

いいですか。

ii desuka?

☐ 您從哪裡來的？

どちらからいらしたのですか。

dochira kara irashita no desuka?

超迷你句 （「どちら」比「どこ」有禮冒）

どちらからですか。

dochira kara desuka?

☐ 您到哪兒去？

どちらまで行かれるのですか。

dochira made ikareru no desuka?

超迷你句

どちらまでですか。

dochira made desuka?

☑ 你會說日語嗎？

日本語は話せますか。
nihongo wa hanasemasuka?

超迷你句 （尾音要提高）

日本語は大丈夫。
nihongo wa daijoobu.

☑ 我完全不懂英語。

英語はまったくわからないんですよ。
eego wa mattaku wakaranain desuyo.

超迷你句

英語はだめです。
eego wa dame desu.

☑ 我椅背可以往後倒嗎？

席を倒してもいいですか。
seki o taoshitemo ii desuka?

超迷你句 （邊指著椅背邊說）

いいですか。
ii desuka?

☑ 請您讓我過一下。

ちょっと通していただけますか。

chotto tooshite itadakemasuka?

（借過時的說法）

ちょっと失礼。

chotto shitsuree.

隨手
筆記

5 跟空姐聊天

MP3 10

☑ 什麼時候到？

いつごろ着きますか。
itsu goro tsukimasuka?

超迷你句 （尾音要提高）

到着は何時。
toochaku wa nanji?

☑ 現在飛到哪裡的上空？

いまどこの上空を飛んでいるのでしょうか。
ima doko no jookuu o tonde iruno deshooka?

超迷你句

いまどこですか。
ima doko desuka?

☑ 我手錶想調當地的時間。

時計を現地の時間に合わせたいのですが。
tokee o genchi no jikan ni awasetai no desuga.

超迷你句 （手指著自己的手錶說會更有效）

現地時間は何時ですか。
genchi jikan wa nanji desuka?

☑ 電影在哪個頻道？

映画はどのチャンネルでやっていますか。

eega wa dono channeru de yatte imasuka?

超迷你句 （邊指著頻道說）

映画を見たいです。

eega o mitai desu.

☑ 耳機有問題？

ヘッドホンの調子が悪いのですが。

heddohon no chooshi ga warui no desuga.

超迷你句 （拿起耳機說）

これ、おかしいです。

kore, okashii desu.

☑ 我不舒服，有藥嗎？

気分が悪いのですが、薬はありますか。

kibun ga warui no desuga,kusuri wa arimasuka?

超迷你句

気持ちが悪くて。

kimochi ga warukute.

☑ 請幫我拿一條毛毯。

毛布を一つ持ってきてもらえませんか。

moofu o hitotsu motte kite moraemasenka?

超迷你句 （「すみません」有麻煩你的意思）

すみません。毛布を。

sumimasen. moofu o.

☑ 請您給我日本雜誌。

日本の雑誌をいただけませんか。

nihon no zasshi o itadakemasenka?

超迷你句

日本の雑誌ください。

nihon no zasshi kudasai.

DIRECTOR

應急單字

しんぶん 新聞	新聞
ざっし 雑誌	雜誌
もうふ 毛布	毛毯
まくら 枕	枕頭
ヘッドホン	耳機
にゅうこく 入国カード	入境卡

☑ 可以再說慢一點嗎？

もっとゆっくりと話してもらえませんか。
motto yukkuri to hanashite moraemasenka?

超迷你句

ゆっくりお願いします。
yukkuri onegai shimasu.

☑ 可以請您再說一次嗎？

もう一度言っていただけませんか。
moo ichido itte itadakemasenka?

超迷你句 （「えっ」是「什麼？」的意思）

えっ。
e.

 應急單字

シートベルト	安全帶
禁煙	禁煙
サイン	信號
トイレ	廁所
荷物棚	行李架
非常用ボタン	緊急按扭

第二章

在機場

☑ 我搭乗日亞航204班次來的。

日本アジア航空の２０４便で来ました。

nihon ajia kookuu no niyonbin de kimashita.

超迷你句 （這裡的「0」唸「まる」）

JAA２０４です。

JAA nimaruyon desu.

☑ 來日本是為了觀光。

来日の目的は観光です。

rainichi no mokuteki wa kankoo desu.

超迷你句

観光です。

kankoo desu.

☑ 為學日語而來的。

日本語を勉強するために来ました。

nihongo o benkyoo suru tameni kimashita.

超迷你句 （這裡的「で」是為了之意）

日本語の勉強で。

nihongo no benkyoo de.

應急單字

しゅっこく しんさ 出 国審査	入境審查
ぜいかん 税関	稅關
パスポート	護照
とうじょうけん 搭乗 券	登機證
しゅっこく 出国カード	入境卡
ビザ	簽證

しゅっこく しんさ
出 国審査

ぜいかん
税関

パスポート

とうじょうけん
搭乗 券

☑ 為出席國際會議而來。

こくさい かい ぎ　で　　　　　　　 き
国際会議に出るために来ました。

kokusai kaigi ni deru tame ni kimashita.

超迷你句　　（「ため」是為了的意思）

かい ぎ
会議のためです。
kaigi no tame desu.

☑ 為留學來的。

留学で来ました。
りゅうがく　き

ryuugaku de kimashita.

超迷你句

留学です。
りゅうがく

ryuugaku desu.

☑ 為工作而來的。

仕事のために来ました。
しごと　き

shigoto no tame ni kimashita.

超迷你句

仕事です。
しごと

shigoto desu.

☑ 為研究而來。

研究のために来ました。
けんきゅう　き

kenkyuu no tame ni kimashita.

超迷你句

研究です。
けんきゅう

kenkyuu desu.

がくせい 学生	學生
かいしゃいん 会社員	上班族
けんきゅういん 研究員	研究員
せんせい 先生	老師
きしゃ 記者	記者
しゅふ 主婦	主婦

☑ 來看親戚。

親戚に会いに来ました。
しんせき あ き

shinseki ni ai ni kimashita.

> **超迷你句**　（「訪問」請不要唸成「肛門」〈こうもん〉了）
>
> しんぞくほうもん
> **親族訪問です。**
> shinzoku hoomon desu.

☑ 準備進東京大學唸書。

東京大学に入学するつもりです。
とうきょうだいがく にゅうがく

tookyoodaigaku ni nyuugaku suru tsumori desu.

> **超迷你句**
>
> とうだい にゅうがく
> **東大に入学します**
> toodai ni nyuugaku shimasu.

☑ 我是初次到這裡的。

こちらへは初めてです。

kochira ewa hajimete desu.

超迷你句

初めてです。

hajimete desu.

☑ 第三次來日本。

日本には三度目です。

nihon niwa sando me desu.

超迷你句 （「目」是「第～」之意）

三回目です。

sankai me desu.

應急單字

独身	單身
結婚	結婚
国籍	國籍
名前	姓名
生年月日	出生年月日
職 業	職業

☑ 來了好幾次了。

もう<ruby>何回<rt>なんかい</rt></ruby>も<ruby>来<rt>き</rt></ruby>ています。

moo nankai mo kite imasu.

超迷你句　（「も」是也的意思。）

<ruby>何回<rt>なんかい</rt></ruby>も。

nan kai mo.

☑ 預定在日本停留5天。

<ruby>日本<rt>にほん</rt></ruby>に<ruby>五日間滞在<rt>いつかかんたいざい</rt></ruby>する<ruby>予定<rt>よてい</rt></ruby>です。

nihon ni itsukakan taizai suru yotei desu.

超迷你句　（「五日」是五天）

<ruby>五日<rt>いつか</rt></ruby>です。

itsuka desu.

☑ 停留2星期。

<ruby>2週間<rt>にしゅうかん</rt></ruby> <ruby>滞在<rt>たいざい</rt></ruby>します。

ni shuukan taizai shimasu.

超迷你句　（「間」表示時間、地點的期間）

<ruby>2週間<rt>にしゅうかん</rt></ruby>です。

nishuukan desu.

47

☑ 預定停留2個月。

二カ月滞在の予定です。

nikagetsu taizai no yotee desu.

超迷你句

二カ月です。

nikagetsu desu.

☑ 這孩子10歳。

この子は１０才です。

kono ko wa jussai desu.

超迷你句

１０才です。

jussai desu.

☑ 預定住新宿王子飯店。

新宿プリンスホテルに泊まる予定です。

shinjuku purinsu hoteru ni tomaru yotee desu.

超迷你句

新宿プリンスです。

shinjuku purinsu desu.

☑ 住親戚家。

親戚の家に泊まります。
shinseki no ie ni tomarimasu.

超迷你句 （「に」表示行為的場所，有「在」的意思）

親戚の家に。
shinseki no ie ni.

☑ 打算住朋友家。

友達の家に泊まるつもりです。
tomodachi no ie ni tomaru tsumori desu.

超迷你句

友達の家です。
tomodachi no ie desu.

☑ 這是朋友的住址跟電話。

これが友達の住所と電話番号です。
kore ga tomodachi no juusho to denwa bangoo desu.

超迷你句 （邊出示寫有住址跟電話的便條邊說）

住所と電話です。
juusho to denwa desu.

☑ 跟旅行團來的。

団体旅行で来ました。
だんたいりょこう　き

dantai ryokoo de kimashita.

超迷你句　（也可以指著團員說「かれらと」〈跟他們〉）

団体です。
だんたい

dantai desu.

☑ 跟家人一起來的。

家族といっしょに来ました。
かぞく　　　　　　　き

kazoku to issho ni kimashita.

超迷你句

家族で来ました。
かぞく　き

kazoku de kimashita.

☑ 一個人來的。

一人で来ました。
ひとり　き

hitori de kimashita.

超迷你句

一人です。
ひとり

hitori desu.

2 領取行李

MP3 12

☑ 在哪裡領取行李？

どこで荷物を受け取るのですか。

doko de nimotsu o uketoru no desuka?

超迷你句

荷物はどこで。

nimotsu wa doko de.

☑ 找不到我的行李？

私の荷物が見つかりません。

watashi no nimotsu ga mitsukarimasen.

超迷你句

荷物がありません。

nimotsu ga arimasen.

☑ 我的手提包是黑色大的。

私のバッグは黒くて大きいのです。

watashi no baggu wa kurokute ookii no desu.

超迷你句　（「の」指的是「バッグ」）

黒くて大きいのです。

kurokute ookii no desu.

☑ 這個行李箱不是我的。

このスーツケースは私のじゃありません。

kono suutsukeesu wa watashi no ja arimasen.

超迷你句 （指著行李箱說）

私のじゃありません。

watashi no ja arimasen.

☑ 這是我的手提包。

これ、私のバッグですけど。

kore, watashi no baggu desukedo.

超迷你句 （指著手提包說）

これ、私のです。

kore, watashi no desu.

☑ 這是行李領取證。

これは荷物の預り証です。

kore wa nimotsu no azukarishoo desu.

超迷你句 （邊出示領取證邊說）

預り証です。

azukarishoo desu.

スーツケース	小型旅行提包
<ruby>箱<rt>はこ</rt></ruby>	箱子
<ruby>荷物<rt>にもつ</rt></ruby>	行李
<ruby>到着<rt>とうちゃく</rt></ruby>ロビー	入境大廳
<ruby>荷物<rt>にもつ</rt></ruby>カート	手推車
<ruby>搭乗便名<rt>とうじょうびんめい</rt></ruby>	搭乘機名

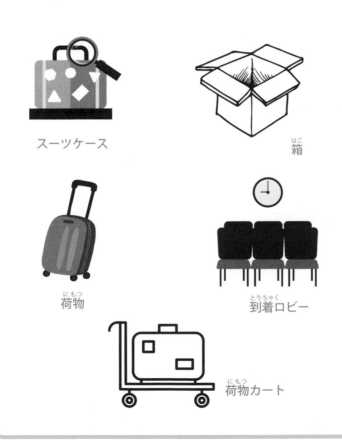

スーツケース

はこ
箱

にもつ
荷物

とうちゃく
到着ロビー

にもつ
荷物カート

MP3
13

☑ 這是護照。

これはパスポートです。

kore wa pasupooto desu.

超迷你句　　（邊出示護照邊說）

はい、どうぞ。

hai, doozo.

☑ 沒有要申報的東西。

しんこく
申告するものはありません。

shinkoku suru mono wa arimasen.

超迷你句

ありません。

arimasen.

☑ 有要申報的東西。

しんこく
申告するものがあります。

shinkoku suru mono ga arimasu.

超迷你句

あります。

arimasu.

☑ 這是稅關申報單。

これが税関申告書です。
<ruby>税関申告書<rt>ぜいかんしんこくしょ</rt></ruby>

kore ga zeekan shinkokusho desu.

超迷你句　（邊出示申報單）

はい、お願いします。
<ruby>願<rt>ねが</rt></ruby>

hai, onegai shimasu.

☑ 我帶了4瓶威士忌。

ウィスキーを４本持っていますが。
<ruby>４本<rt>よんほん</rt></ruby> <ruby>持<rt>も</rt></ruby>

uisukii o yonhon motte imasuga.

超迷你句

ウィスキーが４本あります。
<ruby>４本<rt>よんほん</rt></ruby>

uisukii ga yonhon arimasu.

☑ 有一條香菸。

タバコがワンカートンあります。

tabako ga wan kaaton arimasu.

超迷你句　（這裡的「1」不唸「いち」而唸「ワン」）

タバコが１カートンです。
<ruby>１<rt>ワン</rt></ruby>

tabako ga wan kaaton desu.

☑ 這個照相機是自己用的。

このカメラは自分で使うものです。

kono kamera wa jibun de tsukau mono desu.

超迷你句 （邊指照相機説）

自分用です。

jibunyoo desu.

☑ 那是給朋友的禮物。

それは友人へのプレゼントです。

sore wa yuujin eno purezento desu.

超迷你句

それはプレゼントです。

sore wa purezento desu.

 應急單字

課税	課税
免税	免税
果物	水果
干物	乾料
本	書
ビデオカメラ	攝影機

☑ 那是送人的禮物。

それは贈り物です。

sore wa okurimono desu.

超迷你句

それは贈り物です。

sore wa okurimono desu.

☑ 這些都是我的隨身衣物。

これらは身の回りのものです。

korera wa minomawari no mono desu.

超迷你句 （「身の回り品」是身邊衣物之意）

身の回り品です。

minomawarihin desu.

☑ 那是胃藥。

それは胃の薬です。

sore wa i no gusuri desu.

超迷你句

胃の薬です。

i no kusuri desu.

☑ 我帶有現金30萬日幣。

現金を３０万円持っています。
げんきん　さんじゅうまんえん　も

genkin o sanjuu man en motte imasu.

超迷你句

３０万円あります。
さんじゅうまんえんえん

sanjuu man en arimasu.

 應急單字

ドル	美金
台湾ドル (たいわん)	台幣
日本円 (にほんえん)	日幣
マルク	馬克
ポンド	英鎊
フラン	法郎

☑ 全部共帶有50萬日幣。

ぜん ぶ　　　ごじゅうまんえん も
全部で５０万円持っています。

zenbu de gojuu man en motte imasu.

超迷你句

ごじゅうまんえん
５０万円です。

gojuu man en desu.

☑ 帶有台幣3萬元跟日幣25萬圓。

たいわん　　　　さんまんげん　　にほんえんにじゅうごまんえん も
台湾ドル３万元と日本円２５万円を持っています
す。

taiwan doru san man en to nihon en nijuugo man en o
motte imasu.

超迷你句　　（「と」是跟的意思）

たいわん　　　　さんまんげん　　えん　にじゅうごまん
台湾ドル３万元と円が２５万です。

taiwan doru san mangen to en ga nijuugo man desu.

MP3
14

☑ 服務台在哪裡？

<ruby>案内所<rt>あんないじょ</rt></ruby>はどこでしょうか。

annaijo wa doko deshooka?

超迷你句　（尾音要提高）

<ruby>案内所<rt>あんないじょ</rt></ruby>は。

annaijo wa.

☑ 這裡可以預定飯店嗎？

ここでホテルの<ruby>予約<rt>よやく</rt></ruby>はできますか。

koko de hoteru no yoyaku wa dekimasuka?

超迷你句　（「したい」是「我想」的意思）

ホテルを<ruby>予約<rt>よやく</rt></ruby>したいです。

hoteru o yoyaku shitai desu.

☑ 請您告訴我幾家飯店。

ホテルをいくつか<ruby>教<rt>おし</rt></ruby>えていただけませんか。

hoteru o ikutsuka oshiete itadakemasenka?

超迷你句　（「いい」是好的之意）

どのホテルがいいですか。

dono hoteru ga ii desuka?

☑ 我想住新宿附近。

新宿あたりに泊まりたいのですが。

shinjuku atari ni tomaritai no desuga.

超迷你句

新宿のホテルを。

shinjuku no hoteru o.

☑ 價錢不要太貴的飯店。

あまり値段の高くないホテルがいいのですけれ
ど。

amari nedan no takakunai hoteru ga ii no desukeredo.

超迷你句

安いホテルがいいです。

yasui hoteru ga ii desu.

☑ 可以請您代我打電話預定嗎？

私のかわりに電話して予約をしていただけませ
んか。

watashi no kawarini denwa shite yoyaku o shite
itadakemasenka?

超迷你句

予約をしてください。

yoyaku o shite kudasai.

☑ 皇家飯店怎麼去？

ロイヤルホテルにはどうやって行けばいいですか。

roiyaru hoteru niwa doo yatte ikeba ii desuka?

超迷你句

ロイヤルホテルへ行きたいです。

roiyaru hoteru e ikitai desu.

☑ 去皇家飯店要坐哪輛巴士？

ロイヤルホテルに行くには、どのバスに乗ればいいですか。

roiyaru hoteru ni iku niwa, dono basu ni noreba ii desuka?

超迷你句

ロイヤルホテル行きのバスは。

roiyaru hoteru yuki no basu wa.

☑ 往皇家飯店的巴士站牌是幾號？

ロイヤルホテル行きのバス乗り場は何番ですか。

roiyaru hoteru yuki no basu noriba wa nanban desuka?

超迷你句

ロイヤルホテル行きは何番ですか。

roiyaru hoteru yuki wa nanban desuka?

☑ 哪輛巴士是往東京都內的？

どのバスが都内に行きますか。

dono basu ga tonai ni ikimasuka?

超迷你句

都内へ行きます。どのバスですか。

tonai e ikimasu. dono basu desuka?

☑ 請告訴我往東京車站的電車車站在哪裡？

東京駅行きの電車乗り場はどこか、教えてもらえませんか。

tookyooeki yuki no densha noriba wa dokoka, oshiete moraemasenka?

超迷你句

東京駅へ行く電車はどこですか。

tookyoo eki e iku densha wa doko desuka?

☑ 請告訴我怎麼到澀谷車站？

渋谷駅までの行き方を教えてください。

shibuya eki made no ikikata o oshiete kudasai.

超迷你句 （「どう」是怎麼的意思）

渋谷駅はどう行きますか。

shibuya eki wa doo ikimasuka.

☑ 做成田experss到新宿要花多少時間？

成田エクスプレスで新宿までどのくらいかかる
でしょうか。

narita ekusupuresu de shinjuku made dono kurai
kakaru deshooka?

超迷你句　（「まで」是到之意）

新宿まで何分ですか。
shinjuku made nanpun desuka?

應急單字

リムジンバス	機場專用巴士
電車	電車
地下鉄	地鐵
タクシー	計程車
駅員	站員
乗り場	上車處

リムジンバス　　　　タクシー

地下鉄

☑ 哪裡可以買到車票？

切符_{きっぷ}はどこで買_かえますか。

kippu wa doko de kaemasuka?

超迷你句 （「で」在這裡相當「在」的意思）

切符_{きっぷ}はどこで。

kippu wa dokode.

☑ 計程車招呼站在哪裡？

タクシー乗_のり場_ばはどこでしょうか。

takushii noriba wa doko deshooka?

超迷你句 （「～んですが」表示間接委婉的請求）

タクシーに乗_のりたいんですが。

takushii ni noritain desuga.

☑ 到皇家飯店要多少計程車費？

ロイヤルホテルまでのタクシー代_{だい}はいくらぐらいですか。

roiyaru hoteru made no takushiidai wa ikura gurai desuka?

超迷你句 （「いくらですか」是詢問價錢多少）

ロイヤルホテルまでいくらですか。

roiyaru hoteru made ikura desuka?

☑ 下一班巴士幾點來？

次のバスは何時に来ますか。

tsugi no basu wa nanji ni kimasuka?

超迷你句　　（「何時」是幾點之意）

次は何時ですか。

tsugi wa nanji desuka?

☑ 請告訴我在哪裡下車？

どこで降りるか教えてもらえませんか。

doko de oriruka oshiete moraemasenka?

超迷你句

どこで降りますか。

doko de orimasuka.

5 兌換錢幣

☑ 兌換所在哪裡？

りょうがえじょ
両替所はどこですか。

ryoogaejo wa doko desuka?

超迷你句

りょうがえ
両替したいです。

ryoogae shitai desu.

☑ 請把這個換成日圓。

にほんえん か
これを日本円に換えてください。

kore o nihon en ni kaete kudasai.

超迷你句 （邊遞紙鈔邊說）

にほんえん
日本円に。

nihon en ni.

☑ 請也加些零錢。

こぜに ま
小銭も混ぜてください。

kozeni mo mazete kudasai.

超迷你句

こぜに
小銭も。

kozeni mo.

□ 請把這張紙鈔換成零錢。

この紙幣を小銭に換えてください。

kono shihee o kozeni ni kaete kudasai.

超迷你句 （邊遞紙鈔邊說）

くずしてください。

kuzushite kudasai.

随手
筆記

第三章

在飯店

MP3 16

☑ 我想預定今晚的客房。

今晩の部屋を予約したいのですが。

konban no heya o yoyaku shitai no desuga.

超迷你句

今晩の予約を。

konban no yoyaku o.

☑ 我想預定今晚的雙人房。

今晩ダブルの部屋を予約したいのですが。

konban daburu no heya o yoyaku shitai no desuga.

超迷你句

ダブルルームをお願いします。

daburu ruumu o onegai shimasu.

☑ 我想預定三個晚上的客房。

3泊の部屋の予約をしたいのですが。

sanpaku no heya no yoyaku o shitai no desuga.

超迷你句　　（注意「三泊」的唸法）

3泊の予約を。

sanpaku no yoyaku o.

應急單字

シングルルーム	單人房
ダブルルーム	一張床的雙人房
ツインルーム	兩張床的雙人房
スイートルーム	總統套房
洋室（ようしつ）	洋室
和室（わしつ）	和室

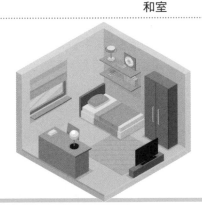

☑ 我想預定4個人2間客房。

4人で2部屋を予約したいのですが。
（よにん　ふたへや　よやく）

yonin de futa heya o yoyaku shitai no desuga.

超迷你句

2部屋、ダブルで。
（ふたへや）

futaheya, daburu de.

□ 哪裡有一個晚上1萬日圓以下的房間嗎？

そこは一泊一万円以下の部屋はありますか。

soko wa ippaku ichiman en ika no heya wa arimasuka?

超迷你句 （尾音要提高）

一万円以下の部屋は。

ichiman en ika no heya wa.

□ 有更便宜的房間嗎？

もっと安い部屋はありますか。

motto yasui heya wa arimasuka?

超迷你句

安い部屋がいいです。

yasui heya ga ii desu.

□ 有含稅金嗎？

税金は含まれていますか。

zeekin wa fukumarete imasuka?

超迷你句

税込みですか。

zeekomi desuka?

いっぱく 一泊	一晩
にはく 二泊	二晩
さんぱく 三泊	三晩
よんぱく 四泊	四晩
ごはく 五泊	五晩
ろっぱく 六泊	六晩

☑ 房間有附浴室嗎？

へ や　　　　ふ ろ　　　つ
部屋にお風呂は付いていますか。

heya ni ofuro wa tsuite imasuka?

超迷你句

ふ ろ
お風呂はありますか。

ofuro wa arimasuka.

☑ 費用有含早餐嗎？

ちょうしょく　りょうきん　　ふく
朝 食は料金に含まれていますか。

chooshoku wa ryookin ni fukumarete imasuka?

超迷你句

ちょうしょく　こ
朝 食 込みですか。

chooshoku komi desuka?

73

<ruby>税金<rt>ぜいきん</rt></ruby>	税金
サービス<ruby>料<rt>りょう</rt></ruby>	服務費
<ruby>朝 食 付<rt>ちょうしょく つ</rt></ruby>き	附早餐
<ruby>二食付<rt>にしょくつ</rt></ruby>き	附兩餐
<ruby>割引<rt>わりびき</rt></ruby>	打折
<ruby>満室<rt>まんしつ</rt></ruby>	客滿

2 住宿登記

☑ 我想Check in。

チェックインしたいのですが。

chekkuin shitai no desuga.

超迷你句

> **チェックインを。**
> chekku in o.

☑ 已經有預定了。

もう予約してあります。

moo yoyaku shite arimasu.

超迷你句

予約しました。
yoyaku shimashita.

☑ 從機場預定房間了。

空港から部屋の予約をしました。

kuukoo kara heya no yoyaku o shimashita.

超迷你句

空港で予約しました。
kuukoo de yoyaku shimashita.

☑ 還沒有預定。

まだ予約していません。

mada yoyaku shite imasen.

超迷你句

予約はまだです。

yoyaku wa mada desu.

☑ 確實有預定了。

確かに予約してあります。

tashikani yoyaku shite arimasu.

超迷你句

予約しました。

yoyaku shimashita.

☑ 我的名字叫王建國。

私の名前は王建國と申します。

watashi no namae wa ookenkoku to mooshimasu.

超迷你句

王建國です。

oo ken koku desu.

☑ 請再查一下我所預定的。

もう一度私の予約を調べてみてください。

moo ichido watashi no yoyaku o shirabete mite kudasai.

超迷你句

予約をチェックしてください。

yoyaku o chekku shite kudasai.

☑ 我預定了今天起5天的雙人房。

ダブルで今日から五日間で予約しましたが。

daburu de kyoo kara itsukakan de yoyaku shimashitaga.

超迷你句

ダブルで五日です。

daburu de itsuka desu.

 應急單字

フロント	櫃臺
ロビー	大廳
フロント係員	櫃臺工作人員
支配人	經理
ベルボーイ	服務員
ポーター	搬運行李服務員

☑ 可以讓我看房間嗎？

部屋を見せてもらえるでしょうか。

heya o misete moraeru deshooka?

超迷你句 （「見せる」是「讓…看」之意）

部屋を見せてください。

heya o misete kudasai.

☑ 我想預定，4個人住的。

4人で泊まりたいのですが、予約をお願いします。

yonin de tomaritai no desuga, yoyaku o onegai shimasu.

超迷你句

4人の部屋の予約を。

yonin no heya no yoyaku o.

☑ 有其它的空房嗎？

ほかに空いている部屋はありますか。

hokani aite iru heya wa arimasuka?

超迷你句 （尾音要提高。「ほか」是其它之意）

ほかの部屋は。

hoka no heya wa.

もっと広い部屋はありませんか。

motto hiroi heya wa arimasenka?

超迷你句

もっと広いのは。

motto hiroi nowa.

 **應急單字**

大きい	大的
小さい	小的
明るい	明亮的
静か	安靜的
安い	便宜的
高い	貴的

☑ 有更好的房間嗎？

もっといい部屋（へや）はないでしょうか。
motto ii heya wa nai deshooka?

超迷你句

もっといいのはありませんか。
motto iino wa arimasenka.

☑ 要多少錢？

部屋（へや）の料金（りょうきん）はいくらですか。
heya no ryookin wa ikura desuka?

超迷你句

いくらですか。
ikura desuka?

☑ 對我而言太貴了一些。

私（わたし）にはちょっと高（たか）すぎます。
watashi niwa chotto takasugimasu.

超迷你句　（「すぎます」表示過度、過分）

高（たか）すぎます。
takasugi masu.

☑ 我要一晚2萬日圓以下的房間。

1泊2万円以下の部屋にしたいのですが。

ippaku niman en ika no heya ni shitai no desuga.

超迷你句

2万円以下のは。

niman en ika nowa.

☑ 我要這個房間。

この部屋に決めます。

kono heya ni kimemasu.

超迷你句　（「にします」表示我決定要的意思）

これにします。

kore ni shimasu.

☑ 我要刷卡。

支払いはカードでお願いします。

shiharai wa kaado de onegai shimasu.

超迷你句　（這裡的「で」相當於中文的「用」）

カードで。

kaado de.

☑ 請幫我把行李搬到房間。

荷物を部屋に運んでもらえませんか。
nimotsu o heya ni hakonde moraemasuka?

超迷你句 （手指著行李說）

運んでください。
hakonde kudasai.

☑ 在這裡簽名嗎？

ここにサインをするのですか。
koko ni sain o suru no desuka?

超迷你句 （手指著簽名處）

ここですか。
koko desuka?

☑ 幾點退房？

チェックアウトは何時ですか。
chekku auto wa nanji desuka?

超迷你句

チェックアウトは。
chekku auto wa.

<ruby>前払<rt>まえばら</rt></ruby>い	先付款
<ruby>一括払<rt>いっかつばら</rt></ruby>い	一次付完
<ruby>先払<rt>さきばら</rt></ruby>い	先付款
<ruby>宿泊<rt>しゅくはく</rt></ruby>カード	住宿登記卡
<ruby>名前<rt>なまえ</rt></ruby>	姓名
<ruby>住所<rt>じゅうしょ</rt></ruby>	住址

第 **3** 章

在飯店

3 客房服務

MP3
18

☑ 這裡是3424號房。

こちらは３４２４号室ですが。

kochira wa san yon ni yon gooshitsu desuga.

超迷你句

３４２４です。

san yon ni yon desu.

☑ 我要客房服務。

ルームサービスをお願いしたいのですが。

ruumu saabisu o onegai shitai no desuga.

超迷你句

ルームサービスを。

ruumu saabisu o.

☑ 請送咖啡到我的房間。

コーヒーを部屋に届けてもらえませんか。

koohii o heya ni todokete moraemasenka?

超迷你句

コーヒー一つ。

koohii hitotsu.

☑ 給我一杯紅茶跟一個蛋糕。

紅茶を一杯とケーキを一つ、持ってきてください。

koocha o ippai to keeki o hitotsu, motte kite kudasai.

超迷你句

紅茶とケーキを。

koocha to keeki o.

☑ 可以幫我拿啤酒跟下酒菜來嗎？

ビールとおつまみを持ってきてくれませんか。

biiru to otsumami o motte kite kuremasenka?

超迷你句

ビールとおつまみをお願いします。

biiru to otsumami o onegai shimasu.

☑ 有沒有我的口信。

私にメッセージは来ていないでしょうか。

watashi ni messeeji wa kite inai deshooka?

超迷你句

メッセージはありますか。

messeeji wa arimasuka.

□ 我姓李，有我的信件嗎？

李ですが、何か郵便物は来ていませんか。

ri desuga, nanika yuubinbutsu wa kite imasenka?

超迷你句

李です。郵便物はありますか。

ri desu. yuubinbutsu wa arimasuka.

□ 這裡可以寄貴重物品嗎？

ここに貴重品を預けられますか。

koko ni kichoohin o azukeraremasuka?

超迷你句

貴重品を預けたいです。

kichoohin o azuketai desu.

應急單字

ウェルカムサービス	歡迎服務
ランドリーサービス	洗衣服務
モーニングコール	定時起床服務
医療サービス	醫療服務
予約サービス	（各種）預約服務
ガイドサービス	（旅遊等）觀光資訊服務

☑ 可以幫我寄這張明信片嗎？

この葉書を出してもらえませんか。
kono hagaki o dashite moraemasenka?

超迷你句　（邊遞出明信片邊說）

これをお願いします。
kore o onegai shimasu.

☑ 我想打國際電話到台灣。

台湾に国際電話をかけたいのですが。
taiwan ni kokusai denwa o kaketai no desuga.

超迷你句

台湾に電話をかけます。
taiwan ni denwa o kake masu.

☑ 鑰匙放在房裡就把門關起來了。

カギを部屋の中に置いたままドアを閉めてしまいました。
kagi o heya no naka ni oita mama doa o shimete shimaimashita.

超迷你句

カギを部屋に忘れました。
kagi o heya ni wasure mashita.

☑ 請給我308號房的鑰匙。

３０８号室のカギをください。
さんまるはちごうしつ

san maru hachi gooshitsu no kagi o kudasai.

超迷你句 （這裡的「0」一般唸「まる」）

３０８です。
さんまるはち

san maru hachi desu.

☑ 明天早上，可以叫我起床嗎？

明日の朝、モーニングコールをしてもらえませんか。
あす　　あさ

asu no asa, mooningu kooru o shite moraemasenka?

超迷你句

モーニングコールを。

mooningu kooru o.

☑ 請教我怎麼使用這個鬧鐘。

この目覚まし時計の使い方を教えてください。
め ざ　　　ど けい　　つか　かた　おし

kono mezamashidokee no tsukaikata o oshiete kudasai.

超迷你句

使い方がわかりません。
つか かた

tsukai kata ga wakarimasen.

☑ 可以借我熨斗嗎？

アイロンを貸してもらえませんか。

airon o kashite moraemasenka?

> 超迷你句

> **すみません。アイロンを。**
> sumimasen. airon o.

☑ 可以請您再給我一條毛巾嗎？

タオルをもう一枚いただけますか。

taoru o moo ichimai itadakemasuka?

> 超迷你句

> **タオルをお願いします。**
> taoru o onegai shimasu.

☑ 我要送洗衣服。

クリーニングをお願いしたいのですが。

kuriiningu o onegai shitai nodesuga.

> 超迷你句

> **クリーニングを。**
> kuriiningu o.

ドライヤー	吹風機
枕 まくら	枕頭
ポット	熱水瓶，壺
グラス	玻璃杯
スリッパ	拖鞋
布団 ふとん	棉被

ドライヤー

まくら
枕

ポット

グラス

スリッパ

☑ 這個明天中午以前幫我洗好。

これを明日の午前 中までに洗濯しておいて下さい。
あす　ごぜん　ちゅう　　　　せんたく　　　　　　　くだ

kore o asu no gozenchuu madeni sentaku shite oite kudasai.

超迷你句　（邊遞出換洗衣物邊說）

明日の昼までにお願いします。
あす　ひる　　　　ねが

asu no hiru made ni onegai shimasu.

90

☑ 什麼時候可以好？

いつ仕^し上^あがりますか。
itsu shiagarimasuka?

超迷你句　（「いつ」是什麼時候）

いつできますか。
itsu dekimasuka.

☑ 可以洗快一點嗎？

急^{いそ}いでやってもらえませんか。
isoide yatte moraemasenka?

超迷你句

急^{いそ}いでください。
isoide kudasai.

應急單字

ワイシャツ	（男）襯衫
ズボン	褲子
スーツ	成套西裝
セーター	毛衣
ブラウス	（女）襯杉
下着^{したぎ}	內衣褲

4 在飯店遇到麻煩

☑ 我房間電燈不亮。

私の部屋の電気がつきません。

watashi no heya no denki ga tsukimasen.

超迷你句

電気がつきません。

denki ga tsuki masen.

☑ 我房間一個杯子也沒有。

私の部屋にコップが一つもありません。

watashi no heya ni koppu ga hitotsumo arimasen.

超迷你句

コップがありません。

koppu ga arimasen.

☑ 我房間的暖氣壞了。

私の部屋の暖房がきかないんですけど。

watashi no heya no danboo ga kikanain desukedo.

超迷你句

暖房がききません。

danboo ga kiki masen.

☑ 送洗的衣服還沒送到。

頼んだ洗濯物がまだ届かないのですが。

tanonda sentakumono ga mada todokanai nodesuga.

超迷你句

洗濯物はまだですか。

sentakumono wa mada desuka?

☑ 叫的咖啡還沒來。

コーヒーがまだ来ていないんですけど。

koohii ga mada kite inain desukedo.

超迷你句

コーヒーはまだですか。

koohii wa mada desuka?

☑ 沒有熱水。

お湯が出ないんですけど。

oyu ga denain desukedo.

超迷你句

お湯が出ません。

oyu ga demasen.

☑ 我房間好冷。

私の部屋が寒すぎるんですけど。

watashi no heya ga samusugirun desukedo.

超迷你句

部屋が寒いです。

heya ga samui desu.

☑ 可以幫我修理冷氣嗎？

部屋の冷房を直してもらえませんか。

heya no reeboo o naoshite moraemasenka?

超迷你句

冷房がおかしいです。

reeboo ga okashii desu.

 應急單字

石けん	肥皂
歯ブラシ	牙刷
トイレットペーパー	衛生紙
靴べら	鞋拔
スタンド	檯燈
ハンガー	衣架

☑ 隔壁的房間太吵了無法睡覺。

隣の部屋がうるさくて眠れません。

tonari no heya ga urusakute nemuremasen.

超迷你句

隣がうるさいです。

tonari ga urusai desu.

☑ 我的廁所燈不亮。

私のトイレの電気がつきません。

watashi no toire no denki ga tsukimasen.

超迷你句

トイレの電気がおかしいです。

toire no denki ga okasii desu.

☑ 要怎麼調整好呢？

どうやって調整すればいいですか。

dooyatte choosee sureba ii desuka?

超迷你句

どうすればいいですか。

doo sureba ii desuka?

MP3
20

☑ 住宿我想延到明天。

明日まで宿泊を延ばしたいのですが。
asu made shukuhaku o nobashitai no desuga.

超迷你句

もう一泊したいです。
moo ippaku shitai desu.

☑ 我想延長一個小時。

滞在を１時間延長したいのですが。
taaizai o ichi jikan enchoo shitai no desuga.

超迷你句

１時間延長したいです。
ichijikan enchoo shitai desu.

☑ 我想比預定早一天退房。

予定より１日早くチェックアウトしたいんですが。
yotee yori ichinichi hayaku chekkuauto shitain desuga.

超迷你句

１日早く出発したいです。
ichinichi hayaku shuppatsu shitai desu.

<ruby>一日<rt>いちにち</rt></ruby>	一天
<ruby>二日<rt>ふつか</rt></ruby>	兩天
<ruby>三日<rt>みっか</rt></ruby>	三天
<ruby>四日<rt>よっか</rt></ruby>	四天
<ruby>五日<rt>いつか</rt></ruby>	五天
<ruby>六日<rt>むいか</rt></ruby>	六天

☑ 我是308號房的鈴木。

<ruby>私<rt>わたし</rt></ruby>は３０８<ruby>号室<rt>さんまるはちごうしつ</rt></ruby>の<ruby>鈴木<rt>すずき</rt></ruby>です。

watashi wa san maru hachi gooshitsu no suzuki desu.

超迷你句

３０８の<ruby>鈴木<rt>さんまるはち</rt></ruby>です。

san maru hachi no suzuki desu.

☑ 我想退房。

チェックアウトしたいのですが。

chekkuauto shitai no desuga.

超迷你句

チェックアウトです。

chekku auto desu.

☑ 可以請您幫我叫計程車嗎？

タクシーを呼んでいただけませんか。

takushii o yonde itadakemasenka?

超迷你句

タクシーをお願いします。

takushii o onegai shimasu.

☑ 可以幫我搬這件行李嗎？

この荷物を運んでもらえませんか。

kono nimotsu o hakonde moraemasenka?

超迷你句

ポーターをお願いします。

pootaa o onegai shimasu.

☑ 可以幫我保管行李到下午5點嗎？

午後5時までこの荷物を預ってもらえませんか。

gogo goji made kono nimotsu o azukatte
moraemasenka?

超迷你句

荷物を5時までお願いします。

nimotsu o goji made onegai shimasu.

☑ 這裡可以用旅行支票付嗎？

ここはトラベラーズチェックで払ってもかまいませんか。

koko wa toraberaazu chekku de harattemo kamaimasenka?

超迷你句 （「…でもいいですか」〈可以嗎〉用於徵得許可時）

トラベラーズチェックでもいいですか。

toraberaazu chekku demo ii desuka?

☑ 這有算服務費嗎？

これにはサービス料も入っていますか。

kore niwa saabisuryoo mo haitte imasuka?

超迷你句

サービス料込みですか。

saabisu ryoo komi desuka?

☑ 可以請您給我收據嗎？

領収書をいただけませんか。

ryooshuusho o itadakemasenka?

超迷你句

領収書をお願いします。

ryooshuusho o onegai shimasu.

せいさんしょ りょうしゅう しょ 精算書（領収書）	清單
しはら 支払い	支付
へ や だい 部屋代	客房費
いんしょくだい 飲食代	餐飲費
でんわ だい 電話代	電話費
げんきん 現金	現金

第四章

在餐廳

1 電話預約

☑ 麻煩我想預約。

予約をお願いしたいのですが。

yoyaku o onegai shitaino desuga.

超迷你句

予約を。

yoyaku o.

☑ 麻煩我要預約7點2人的座位。

７時に２人分の席の予約をお願いします。

shichiji ni futaribun no seki no yoyaku o onegai
shimasu.

超迷你句

７時に２人で。

shichiji ni futari de.

☑ 我的名字叫小林。

私の名前は小林です。

watashi no namae wa kobayashi desu.

超迷你句

小林です。

kobayashi desu.

時間 じかん	時間
様 さま	接在人名、稱呼下表示尊敬
お名前 なまえ	貴姓大名
お電話番号 でんわ ばんごう	您的電話號碼
座席 ざせき	座位
テーブル	桌子

☑ 貴店必須結領帶嗎？

**そちらでは、ネクタイをしなければなりません
か。**

sochira dewa, nekutai o shinakereba narimasenka?

超迷你句

ネクタイは必要ですか。
ひつよう

nekutai wa hitsuyoo desuka?

☑ 在貴店用餐，需要盛裝嗎？

**そちらで食事をする場合、盛装する必要があり
ますか。**
しょくじ　　　ばあい　せいそう　　ひつよう

sochira de shokuji o suru baai, seesoo suru hitsuyoo ga
arimasuka?

超迷你句　（「しなければなりません」是需要之意）

盛装しなければなりませんか。
せいそう

seesoo shinakereba narimasenka.

☑ 麻煩我要窗邊的座位。

窓際（まどぎわ）の席（せき）をお願（ねが）いします。

madogiwa no seki o onegai shimasu.

超迷你句

窓際（まどぎわ）を。

madogiwa o.

☑ 哪裡都可以。

どのテーブルでもけっこうです。

dono teeburu demo kekkoo desu.

超迷你句

どこでもいいです。

doko demo ii desu.

☑ 貴店的全餐要多少錢？

そちらのフルコースはおいくらですか。

sochira no furukoosu wa oikura desuka?

超迷你句

フルコースはいくらですか。

furu koosu wa ikura desuka?

2 到餐廳

☑ 有預約了。

予約をしてあります。
yoyaku o shite arimasu.

超迷你句

予約しました。
yoyaku shimashita.

☑ 我們總共三人。

私たちは全部で3人です。
watashi tachi wa zenbu de sannin desu.

超迷你句

3人です。
san nin desu.

☑ 有2人的座位嗎？

2人の席はありますか。
futari no seki wa arimasuka?

超迷你句

2人席は。
futari seki wa.

☐ 要等多久？

どのくらい待たなければなりませんか。

dono kurai matanakereba narimasenka?

超迷你句

何分待ちますか。

nanpun machi masuka.

☐ 可以給我窗邊的座位嗎？

窓際の席にしてもらいたいのですが。

madogiwa no seki ni shite moraitaino desuga.

超迷你句

窓際をお願いします。

madogiwa o onegai shimasu.

☐ 我要禁煙座位。

禁煙席をお願いします。

kinenseki o onegai shimasu.

超迷你句

禁煙席を。

kin en seki o.

☑ 可以坐這個座位嗎？

この席に座ってもいいでしょうか。
kono seki ni suwattemo ii deshooka?

超迷你句 （指沒人做的座位說）

ここ、いいですか。
koko, ii desuka?

 應急單字

ウェイター	男服務生
ウェイトレス	女服務生
空席（くうせき）	空座位
相席（あいせき）	與別人同坐一桌
案内（あんない）	帶領

3 點菜

☐ 請給我看菜單。

メニューを見せてください。
menyuu o misete kudasai.

超迷你句

すみません。メニューを。
sumimasen, menyuu o.

☐ 再給我看一次菜單。

もう一度メニューを見せてください。
moo ichido menyuu o misete asai.

超迷你句

メニューをお願いします。
menyuu o onegai shimasu.

☐ 有什麼推薦菜？

何かお勧めの料理はありますか。
nanika osusume no ryoori wa arimasuka?

超迷你句

お勧めはどれですか。
osusume wa dore desuka?

この店の<ruby>自慢<rt>じまん</rt></ruby> <ruby>料理<rt>りょうり</rt></ruby>は<ruby>何<rt>なん</rt></ruby>ですか。

kono mise no jimanryoori wa nan desuka?

超迷你句

<ruby>自慢<rt>じまん</rt></ruby> <ruby>料理<rt>りょうり</rt></ruby>はどれですか。

jiman ryoori wa dore desuka?

☑ 這是什麼料理可以幫我說明一下嗎？

これはどんなものか<ruby>説明<rt>せつめい</rt></ruby>してもらえませんか。

kore wa donna mono ga setsumee shite moraemasenka?

超迷你句　（指著那道菜說）

どんな<ruby>料理<rt>りょうり</rt></ruby>ですか。

donna ryoori desuka?

☑ 裡面放什麼？

この<ruby>中<rt>なか</rt></ruby>には<ruby>何<rt>なに</rt></ruby>が<ruby>入<rt>はい</rt></ruby>っていますか。

kono naka niwa nani ga haitte imasuka?

超迷你句

<ruby>中<rt>なか</rt></ruby>は<ruby>何<rt>なん</rt></ruby>ですか。

naka wa nan desuka?

第 **4** 章　在餐廳

109

☑ 讓我考慮一下。

ちょっと考<small>かんが</small>えさせてください。

chotto kangae sasete kudasai.

 超迷你句 （指著那道菜說）

もうちょっと待<small>ま</small>って。

moo chotto matte.

應急單字

メニュー	菜單
日替<small>ひが</small>わり定食<small>ていしょく</small>	一天換一次的菜單
朝食<small>ちょうしょく</small>	早餐
昼食<small>ちゅうしょく</small>	中餐
夕食<small>ゆしょく</small>	晚餐
夜食<small>やしょく</small>	宵夜

☑ 請給我這個。

これをください。
kore o kudasai.

超迷你句 （指著菜單上要點的菜說）

これを。
kore o.

☑ 給我跟那個一樣的。

あれと同じものにしてください。
are to onaji mono ni shite kudasai.

超迷你句 （指著想要的說）

あれと同じものを。
are to onaji mono o.

☑ 現在可以叫菜嗎？

今注文してもいいでしょうか。
ima chuumon shitemo ii deshooka?

超迷你句 （指著菜單說）

いいですか。
ii desuka?

□ 我還沒決定。

まだ決(き)まっていません。
mada kimatte imasen.

超迷你句

もう少(すこ)し待(ま)ってください。
moo sukoshi matte kudasai.

 應急單字

すし	壽司
刺身(さしみ)	生魚片
そば	蕎麥麵
焼(や)き魚(ざかな)	烤魚
ご飯(はん)	飯
みそ汁(しる)	味噌湯

ご飯(はん)

みそ汁(しる)　　刺身(さしみ)　　すし

☑ 先給我飲料。

まず飲物をください。
mazu nomimono o kudasai.

超迷你句

先に飲物を。
saki ni nomimono o.

☑ 給我生魚片跟天婦羅。

刺身と天ぷらをください。
sashimi to tenpura o kudasai.

超迷你句 （指著菜單說）

これとこれを。
kore to kore o.

☑ 這給我一個。

これを一つください。
kore o hitotsu kudasai.

超迷你句 （指著菜單上的菜說）

これ一つ。
kore hitotsu.

☑ 請給我一樣的東西。

私も同じものをお願いします。
watashi mo onaji mono o onegai shimasu.

超迷你句

同じものを。
onaji mono o.

應急單字

コーヒー	咖啡
紅茶	紅茶
ジュース	果汁
水	水
ミルク	牛奶

☑ 點心請給我冰淇淋。

デザートにはアイスクリームをお願いします。

dezaato niwa aisukuriimu o onegai shimasu.

超迷你句

デザートはアイスクリーム。

dezaato wa aisukuriimu.

☑ 飯後給我紅茶。

食後には紅茶をください。

shokugo niwa koocha o kudasai.

超迷你句

食後に紅茶を。

shokugo ni koocha o.

☑ 就請先給我那個。

とりあえずそれだけお願いします。

toriaezu sore dake onegai shimasu.

超迷你句

とりあえずそれで。

toriaezu sore de.

4 點牛排

MP3
24

☑ 我要這個牛排餐。

このステーキディナーにします。
kono suteeki deinaa ni shimasu.

超迷你句 （指著菜單說）

これをください。
kore o kudasai.

☑ 牛排要煎到中等程度的。

ステーキの焼き方はミディアムにしてください。
suteeki no yakikata wa mideiamu ni shite kudasai.

超迷你句 （點完後馬上說）

ミディアムで。
midiamu de.

☑ 牛排要半熟的。

ステーキはレアにしてください。
suteeki wa rea ni shite kudasai.

超迷你句

レアで。
rea de.

レア	半熟的
ミディアムレア	近中等程度
ミディアム	煎到中等程度
ウェルダン	煎熟
サーロイン	沙朗
Tボーン	丁骨

☑ 牛排要煎熟的。

ステーキはよく焼いてほしいんですが。
suteeki wa yoku yaite hoshiin desuga.

超迷你句

ウェルダンで。
werudan de.

☑ 可以幫我加辣一點嗎？

少し辛くしてもらえますか。
<ruby>少<rt>すこ</rt></ruby>し<ruby>辛<rt>から</rt></ruby>くしてもらえますか。

sukoshi karaku shite moraemasuka?

超迷你句

辛くしてください。
<ruby>辛<rt>から</rt></ruby>くしてください。

karaku shite kudasai.

 應急單字

<ruby>辛<rt>から</rt></ruby>い	辣
<ruby>甘<rt>あま</rt></ruby>い	甜
<ruby>苦<rt>にが</rt></ruby>い	苦
<ruby>酸<rt>す</rt></ruby>っぱい	酸
<ruby>塩辛<rt>しおから</rt></ruby>い	鹹

MP3 25

☐ 可以再給我一杯葡萄酒嗎？

ワインをもう1杯もらえませんか。

wain o moo ippai moraemasenka?

超迷你句

ワインをください。

wain o kudasai.

☐ 飯可以續碗嗎？

ご飯のおかわりはできますか。

gohan no okawari wa dekimasuka?

超迷你句　（指著碗說）

おかわりは。

okawari wa.

☐ 可以給我水嗎？

水をもらえませんか。

mizu o moraemasenka?

超迷你句

水をください。

muzu o kudasai.

ビール	啤酒
<ruby>生<rt>なま</rt></ruby>ビール	生啤酒
ウイスキー	威士忌
カクテル	雞尾酒
<ruby>日本酒<rt>にほんしゅ</rt></ruby>	日本酒
<ruby>焼　酎<rt>しょうちゅう</rt></ruby>	燒酒

☑ 請幫我拿鹽。

<ruby>塩<rt>しお</rt></ruby>を<ruby>持<rt>も</rt></ruby>ってきてください。

shio o motte kite kudasai.

超迷你句

<ruby>塩<rt>しお</rt></ruby>をください。

shio o kudasai.

☑ 可以幫我拿咖啡奶精嗎？

コーヒーに<ruby>入<rt>い</rt></ruby>れるミルクを<ruby>持<rt>も</rt></ruby>ってきてもらえませんか。

koohii ni ireru miruku o motte kite moraemasenka?

超迷你句

コーヒークリームを。

koohii kuriimu o.

120

☑ 這要怎麼吃？

これはどうやって食べるのですか。

kore wa doo yatte taberu no desuka?

超迷你句

食べ方を教えてください。

tabe kata o oshiete kudasai.

☑ 幫我換煙灰缸。

灰皿を取り替えてください。

haizara o torikaete kudasai.

超迷你句 （指著煙灰缸說）

替えてください。

kaete kudasai.

應急單字

砂糖	砂糖
塩	鹽
ケチャップ	蕃茄醬
胡椒	胡椒
しょう油	醬油
酢	醋

☑ 可以請您幫我拿煙灰缸嗎？

灰皿(はいざら)を持(も)ってきていただけませんか。

haizara o motte kite itadakemasenka?

超迷你句

灰皿(はいざら)をお願(ねが)いします。

haizara o onegai shimasu.

☑ 可以給我筷子嗎？

お箸(はし)をもらえませんか。

ohashi o moraemasenka?

超迷你句

お箸(はし)はありますか。

ohashi wa arimasuka.

☑ 可以幫我拿胡椒嗎？

胡椒(こしょう)を持(も)ってきてもらえませんか。

koshoo o motte kite moraemasenka?

超迷你句

胡椒(こしょう)をお願(ねが)いします。

koshoo o onegai shimasu.

☑ 這個可以幫我收拾一下嗎？

これを下<ruby>げ<rt>さ</rt></ruby>ていただけませんか。

これを下げていただけませんか。
kore o sagete itadakemasenka?

超迷你句

片付けてください。
katazukete kudasai.

應急單字

ナイフ	刀子
フォーク	叉子
スプーン	湯匙
グラス	玻璃杯
コップ	杯子
灰皿	煙灰缸

123

MP3 26

☑ 這不是我叫的東西。

これは私が注文したものではありません。
<small>わたし ちゅうもん</small>

kore wa watashi ga chuumon shita mono dewa arimasen.

超迷你句 （指著端來的菜說）

注文してませんよ。
<small>ちゅうもん</small>

chuumon shite masen yo.

☑ 我叫的東西還沒好嗎？

注文したものはまだですか。
<small>ちゅうもん</small>

chuumon shita mono wa mada desuka?

超迷你句

まだですか。

mada desuka?

☑ 這味道有些奇怪。

これは変な味がします。

kore wa henna aji ga shimasu.

超迷你句

味が変です。

aji ga hen desu.

☑ 這支刀子是髒的。

このナイフは汚れています。

kono naifu wa yogorete imasu.

超迷你句 （指著刀子說）

換えてください。

kaete kudasai.

☑ 這肉沒熟。

この肉は生焼けです。

kono niku wa namayake desu.

超迷你句 （指著沒考熟的肉說）

これ、生ですよ。

kore, nama desuyo.

☑ 這肉烤太熟了。

この肉は焼きすぎなんですけど。

kono niku wa yakisugi nandesukedo.

超迷你句

焼きすぎです。

yaki sugi desu.

☑ 我叫很久了。

ずいぶん前にオーダーしたんですけれど。

zuibun mae ni oodaa shitan desukeredo.

超迷你句

まだですか。

mada desuka?

7 付錢

☑ 麻煩我要付錢。

お勘定をお願いします。
かんじょう ねが

okanjoo o onegai shimasu.

超迷你句

ごちそうさま。
gochisoo sama.

（「ごちそうさま」有感謝款待之意，在這裡
有跟店方表示吃完了，我要付帳及謝謝之意）

☑ 有含服務費嗎？

サービス料は含まれていますか。
りょう ふく

saabisuryoo wa fukumarete imasuka?

超迷你句

サービス料は。
りょう

saabisu ryoo wa.

☑ 這是什麼費用？

この料金は何ですか。
りょうきん なん

kono ryookin wa nan desuka?

超迷你句 （指著帳單上的金額說）

これは。
kore wa.

☑ 算帳請個別算。

勘定は別々にお願いします。

kanjoo wa betsubetsu ni onegai shimasu.

超迷你句

別々にしてください。

betsu betsu ni shite kudasai.

☑ 我要刷卡。

支払いはカードでお願いします。

shiharai wa kaado de onegai shimasu.

超迷你句

カードで。

kaado de.

☑ 這帳好像有錯。

この勘定に間違いがあるようですよ。

kono kanjoo ni machigai ga aru yoo desuyo.

超迷你句　　（指著帳單說）

間違ってますよ。

machigatte masuyo.

☑ 請再查一次。

もう一度調べてください。
moo ichido shirabete kudasai.

超迷你句

チェックしてください。
chekku shite kudasai.

☑ 這個我想帶回家。

これを持ち帰りたいのですが。
kore o mochikaeritai no desuga.

超迷你句 （這是外來語原來是 take-out ）

テイクアウトで。
teiku auto de.

應急單字

勘定	算帳
いっしょに	一起
別々に	個別
ごちそうさま	謝謝，感謝您的款待
お一人様	一位

☑ 今天的菜很好吃。

きょう りょうり
今日の料理はとてもおいしかったです。

kyoo no ryoori wa totemo oishikatta desu.

超迷你句 （算完帳再說一次）

ごちそうさまでした。
gochisoo sama deshita.

隨手
筆記

☑ 給我起士漢堡跟可樂。

チーズバーガーとコーラをください。

chiizubaagaa to koora o kudasai.

超迷你句 （「コーラ」也叫「コカ　コーラ」）

チーズバーガーとコーラ。
chiizu baagaa to koora.

☑ 可以再給我一個蕃茄醬嗎？

ケチャップをもう一つもらえますか。

kechappu o moo hitotsu moraemasuka?

超迷你句

ケチャップもう一つ。
kechappu moo hitotsu.

☑ 給我麥克堡餐兩客。

ビッグマックセット二つください。

biggumakku setto futatsu kudasai.

超迷你句

ビッグマック二つ。
biggumakku futatsu.

☑ 請給我5塊炸雞。

フライドチキン5ピースお願いします。

furaido chikin go piisu onegai shimasu.

超迷你句

フライドチキン5ピース。

furaido chikin go piisu.

☑ 沒有附吸管。

ストローがついていません。

sutoroo ga tsuite imasen.

超迷你句

ストローがありません。

sutoroo ga arimasen.

☑ 在這裡吃。

ここで食べます。

koko de tabemasu.

超迷你句　　（這一定會被問到的，要寄住喔）

ここで。

koko de.

☐ 帶走。

持ち帰りにします。

もちかえり

mochikaeri ni shimasu.

超迷你句

持ち帰りです。

もちかえり

mochi kaeri desu.

 應急單字

フライドポテト	炸薯條
アップルパイ	蘋果派
シェイク	奶昔
ナプキン	紙巾
ミルク	奶精
砂糖 さとう	砂糖

逛街購物

MP3
29

☑ 這附近有百貨公司嗎？

この近くにデパートはありますか。
kono chikaku ni depaato wa arimasuka?

超迷你句

デパートはどこですか。
depaato wa doko desuka?

☑ 我在找超級市場。

スーパーマーケットを探しているのですが。
suupaamaaketto o sagashite iru no desuga.

超迷你句

スーパーはありますか。
suupaa wa arimasuka.

☑ 哪裡可以買到底片？

フィルムを買えるところはどこですか。
fuirumu o kaeru tokoro wa doko desuka?

超迷你句　（「ほしい」是想要的意思）

フィルムがほしいです。
firumu ga hoshii desu.

パソコン	個人電腦
ラジカセ	收錄音機
ステレオ	音響
カメラ	照相機
ビデオカメラ	攝影機
CDプレーヤー	CD唱機

☑ 鞋子販賣部在哪裡？

靴売り場はどこでしょうか。
kutsu uriba wa doko deshooka?

超迷你句

靴はどこですか。
kutsu wa doko desuka?

この街の地図はどこにありますか。

kono machi no chizu wa doko ni arimasuka?

超迷你句

地図はどこですか。

chizu wa doko desuka?

化粧品売り場は何階でしょうか。

keshoohin uriba wa nangai deshooka?

超迷你句

化粧品は。

keshoohin wa.

免税品のコーナーはありますか。

menzeehin no koonaa wa arimasuka?

超迷你句

免税品はどこですか。

menzeehin wa doko desuka?

婦人服 ふじんふく	婦人服飾
紳士服 しんしふく	紳士服飾
子供服 こどもふく	兒童服飾
家具 かぐ	家具
電気用品 でんきようひん	家電製品
日用品 にちようひん	日常用品

第5章 逛街購物

☑ 試衣室在哪裡？

試着室はどこにありますか。
しちゃくしつ

shichakushitsu wa doko ni arimasuka?

超迷你句

試着したいです。
しちゃく

shichaku shitai desu.

MP3
30

☑ 給我看一下那個手提包。

あのハンドバッグを見せてください。

ano handobaggu o misete kudasai.

超迷你句 （指著手提包說）

あれを見せて。

are o misete.

☑ 這件毛線衣可以摸摸看嗎？

このセーターは手に取ってみてもいいですか。

kono seetaa wa te ni totte mitemo ii desuka?

超迷你句 （指著毛線衣說）

触っていいですか。

sawatte ii desuka?

☑ 可以請您給我看一下其它的嗎？

ほかのものを見せていただけますか。

hoka no mono o misete itadakemasuka?

超迷你句

ほかにもありますか。

hoka nimo arimasuka.

ワイシャツ	（男）襯衫
ズボン	褲子
ジャケット	夾克
スーツ	成套西裝
コート	大衣
ワンピース	連衣裙

ワイシャツ

ワンピース

☑ 有小一號的嗎？

ワンサイズ小さいものはありますか。

wansaizu chiisai mono wa arimasuka?

超迷你句

もっと小さいのは。

motto chiisai nowa.

☑ 另外還有什麼顏色的？

ほかにどんな色があるんですか。

hokani donna iro ga arun desuka?

超迷你句

ほかの色は。

hoka no iro wa.

☑ 腰身太緊了。

ウエストがちょっときついです。

uesuto ga chotto kitsui desu.

超迷你句 （指著腰身說）

ここがきついです。

koko ga kitsui desu.

☑ 我想買禮物。

おみやげを探しているのですが。

omiyage o sagashite iru no desuga.

超迷你句

おみやげを買いたいです。

omiyage o kaitai desu.

赤い <small>あか</small>	紅色
黒い <small>くろ</small>	黑色
黄色い <small>き いろ</small>	黃色
白い <small>しろ</small>	白色
茶色 <small>ちゃいろ</small>	茶色
ピンク	粉紅色

☑ 麻煩一下。

お願いできますか。
<small>ねが</small>

onegai dekimasuka?

超迷你句 （招呼服務員時）

すみません。

sumimasen.

☑ 我要安哥拉毛的。

アンゴラのものがほしいのですが。

angora no mono ga hoshii no desuga.

超迷你句

アンゴラのは。

angora nowa.

☑ 可以讓我看一下義大利製的東西嗎？

イタリア製のものを見せてもらえませんか。

itaria see no mono o misete moraemasenka?

超迷你句

イタリアのはありますか。

itaria nowa arimasuka.

☑ 可以請您給我看一下這條項錬嗎？

このネックレスを見せていただけませんか。

kono nekkuresu o misete itadakemasenka?

超迷你句　（指著要看的項錬説）

これをちょっと。

kore o chotto.

144

絹（きぬ）	絲，綢子
麻（あさ）	麻
毛（ウール）（け）	毛
ナイロン	尼龍
革（かわ）	皮
布（ぬの）	布

革（かわ）

絹（きぬ）

布（ぬの）

☑ 給我看一下那架上的手提包。

その棚（たな）の上（うえ）のハンドバッグを見（み）せてください。

sono tana no ue no handobaggu o misete kudasai.

超迷你句 （指著手提包說）

あれを見（み）たいです。

are o mitai desu.

☑ 還有更大的皮包嗎？

もっと大きいバッグはありますか。

motto ookii baggu wa arimasuka?

超迷你句

大きいのは。

ookii nowa.

☑ 可以讓我看一下那個小的嗎？

あの小さいのを見せてもらえませんか。

ano chiisai noo misete moraaemasenka?

超迷你句　（指著小的說）

あれを見せてください。

are o misete kudasai.

☑ 讓我看一下不同樣式的。

違うデザインのものを見せてください。

chigau dezain no mono o misete kudasai.

超迷你句

別の形のは。

betsu no katachi nowa.

<ruby>靴下<rt>くつした</rt></ruby>	襪子
ベルト	皮帶
くつ	鞋子
パンプス	女用皮鞋
<ruby>長靴<rt>ながぐつ</rt></ruby>	長筒靴子
ネクタイ	領帶

くつ

<ruby>靴下<rt>くつした</rt></ruby>

<ruby>長靴<rt>ながぐつ</rt></ruby>

第 **5** 章

逛街購物

☑ 一樣的有白色的嗎？

<ruby>同<rt>おな</rt></ruby>じもので<ruby>白<rt>しろ</rt></ruby>いのはありますか。

onaji mono de shiroi nowa arimasuka?

超迷你句

<ruby>白<rt>しろ</rt></ruby>いのがいいです。

shiroi noga ii desu.

☐ 我要日本製的。

日本製のものを探しているんですけど。
nihonsee no mono o sagashite irun desukedo.

超迷你句

日本製のがほしいです。
nihonsee noga hoshii desu.

☐ 有沒有質料更好的？

もっと品質のいいのはないでしょうか。
motto hinshitsu no ii nowa nai deshooka?

超迷你句

もっといいのは。
motto ii nowa.

☐ 這條絲巾是什麼料子？

このスカーフは何でできているのですか。
kono sukaafu wa nan de dekite iruno desuka?

超迷你句 （指著絲巾說。「シルク」是絲綢。）

シルクですか。
shiruku desuka?

148

台湾製	台灣製
イタリア製	義大利製
日本製	日本製
中国製	中國製
アメリカ製	美國製
あちら製	外國製

☑ 你認為哪種品牌好呢？

どちらのブランドをおすすめですか。
dochira no burando o osusume desuka?

超迷你句 （指著要比的品牌說）

どれがいいですか。
dore ga ii desuka?

☑ 這支戒指是純金的嗎？

この指輪は本物の金ですか。

kono yubiwa wa honmono no kin desuka?

超迷你句 （指著戒指說）

ゴールドですか。

goorudo desuka?

☑ 這支戒指上的是什麼寶石？

この指輪についている宝石は何ですか。

kono yubiwa ni tsuite iru hooseki wa nan desuka?

超迷你句 （指著上面的寶石說）

この石は何ですか。

kono ishi wa nan desuka?

☑ 這個鑽石附有保證書嗎？

このダイヤモンドには保証書はついていますか。

kono daiyamondo niwa hoshoosho wa tsuite imasuka?

超迷你句

保証はありますか。

hoshoosho wa arimasuka.

アクセサリー	婦女服飾品
イヤリング	耳環
ネックレス	項鍊
指輪（ゆびわ）	戒指
ペンダント	（鑲有墜飾的）耳環、項鍊
サファイア	紅寶石

ネックレス

イヤリング

サファイア

☐ 這件大衣是真皮的嗎？

このコートは本物（ほんもの）の革（かわ）でできているのですか。

kono koodo wa honmono no kawa de dekite iru no desuka?

超迷你句 （指著大衣說）

革（かわ）ですか。

kawa desuka?

☑ 可以幫我量一下尺寸嗎？

サイズを計ってもらえませんか。

saizu o hakatte moraemasenka?

超迷你句　（指著要量的地方說）

サイズがわかりません。

saizu ga wakarimasen.

☑ 可以試穿一下這條裙子嗎？

このスカートを試着してもいいでしょうか。

kono sukaato o shichaku shitemo ii deshooka?

超迷你句　（指著裙子說）

試着できますか。

shichaku dekimasuka.

☑ 我想照一下鏡子。

鏡に映してみたいんですが。

kagami ni utsushite mitain desuga.

超迷你句

鏡はどこですか。

kagami wa doko desuka?

ブラウス	（女）襯衫
セーター	毛衣
カーディガン	對襟毛衣
ベスト	女背心
ジーパン	牛仔褲

第 **5** 章 逛街購物

☑ 這條褲子適合我穿嗎？

このズボンは私に似合っていますか。
kono zubon wa watashi ni niatte imasuka?

超迷你句 （穿上，邊照鏡子邊問）

似合いますか。
niai masuka.

153

☑ 這頂帽子不適合我。

この帽子は私に似合わないですね。

kono booshi wa watashi ni niawanai desune.

超迷你句 （指著帽子說）

ちょっと変ですね。

chotto hen desune.

☑ 我覺得有些太大。

ちょっと大きすぎると思いますが。

chotto ooki sugiru to omoimasuga.

超迷你句

大きくないですか。

ookiku nai desuka?

☑ 有小一點的嗎？

もっと小さいのはありませんか。

motto chiisai nowa arimasenka?

超迷你句

小さいのは。

chiisai nowa.

ちい 小さい	小的
おお 大きい	大的
なが 長い	長的
みじか 短い	短的
たか 高い	高的，貴的
ひく 低い	低的

☑ 長度可以請您幫我改短嗎？

たけ みじか なお
丈を短く直していただけますか。

take o mijikaku naoshite itadakemasuka?

超迷你句 （指著要改短的地方說）

みじか
短くしてください。
mijikaku shite kudasai.

☑ 可以請您馬上幫我改這個長度嗎？

今すぐにこの丈を直していただけますか。

ima sugu ni kono take o naoshite itadakemasuka?

超迷你句　（「すぐ」是馬上之意）

すぐできますか。

sugu dekimasuka.

☑ 要花多少時間？

時間はどのくらいかかるでしょうか。

jikan wa dono kurai kakaru deshooka?

超迷你句

時間はかかりますか。

jikan wa kakarimasuka.

☑ 我要顏色更亮的裙子。

もっと明るい色のスカートがほしいのですが。

motto akarui iro no sukaato ga hoshii no desuga.

超迷你句　（指著裙子說）

明るい色のは。

akarui iro nowa.

下着（したぎ）	內衣褲
ブラジャー	胸罩
ストッキング	絲襪
ハンカチ	手帕
スカーフ	絲巾
マフラー	圍巾

下着（したぎ）

ブラジャー

ストッキング

マフラー

マフラー

☑ 有沒有再樸素一點的顏色？

もう少（すこ）し落（お）ちついた色（いろ）のものはありませんか。

moo sukoshi ochitsuita iro no mono wa arimasenka?

超迷你句

地味（じみ）な色（いろ）のは。

jimi na iro nowa.

157

☑ 給我這條絲巾。

このスカーフをください。
kono sukaafu o kudasai.

超迷你句 （指著絲巾說）

これ、お願いします。
kore, onegai shimasu.

☑ 那個可以幫我定貨嗎？

それを取り寄せてもらえませんか。
sore o toriyosete moraemasenka?

超迷你句 （指著要的東西說）

取り寄せてください。
tori yosete kudasai.

3 郵送、包裝

☑ 可以幫我送到京王廣場飯店嗎？

京王プラザホテルまで届けてもらえませんか。

keeoo purazahoteru made tookete moraemasenka?

超迷你句

京王プラザに届けてください。

keeoo puraza ni todokete kudasai.

☑ 可以幫我送到這個住址嗎？

この住所に送ってもらえませんか。

kono juusho ni okutte moraemasenka?

超迷你句 （出示寫有住址的紙條說）

ここにお願いします。

kokoni onegai shimasu.

☑ 運費要多少？

送料はいくらになるでしょうか。

sooryoo wa ikura ni naru deshooka?

超迷你句

送料は。

sooryoo wa.

☑ 麻煩幫我包成送禮用的。

プレゼント用に包んでもらえますか。

purezento yoo ni tsutsunde moraemasuka?

超迷你句

これはプレゼントです。
kore wa purezento desu.

☑ 這些請個別包。

これらを別々に包んでください。

korera o betsubetsu ni tsutsunde kudasai.

超迷你句

別々の包装で。
betsu betsu no hoosoo de.

☑ 這個用緞帶綁。

これはリボンをつけてください。

kore wa ribon o tsukete kudasai.

超迷你句

リボンをお願いします。
ribon o onegai shimasu.

4 只看不買

☑ 我只是看一下而已。

ちょっと見ているだけです。

chotto mite iru dake desu.

超迷你句　（「だけ」為只是之意）

見てるだけです。
miteru dake desu.

☑ 抱歉，我會再來。

すみません、また来ます。

sumimasen, mata kimasu.

超迷你句　（「また」再、又的意思）

また来ます。
mata kimasu.

☑ 我再逛一圈看看。

もう一回ひと回り見てからにします。

moo ikkai hitomawari mite kara ni shimasu.

超迷你句

ほかも見てみます。
hoka mo mite mimasu.

☑ 這個手提包太貴了。

このハンドバッグは高すぎます。

kono hando baggu wa takasugimasu.

超迷你句 （指著手提包說）

高すぎます。

taka sugimasu.

☑ 不能再便宜些嗎？

もうそれ以上は安くできないでしょうか。

moo sore ijoo wa yasuku dekinai deshooka?

超迷你句

もっと安くなりませんか。

motto yasuku narimasenka.

☑ 買2個可以便宜點嗎？

2個買えば安くしてもらえますか。

niko kaeba yasuku shite moraemasuka?

超迷你句

2個だと安いですか。

niko dato yasui desuka?

☑ 這隻錶就算2萬日圓吧！

この時計、2万にしてください。

kono tokee, niman ni shite kudasai.

超迷你句　（指著手錶說）

2万円でどうですか。

niman en de doo desuka?

☑ 這件衣服就打八折吧！

この洋服を２０％ディスカウントしてください。

kono yoofuku o nijuupaasento deisukaunto shite
kudasai.

超迷你句　（「オフ」〈off〉，「二割オフ」是打八折）

2割オフでどうですか。

niwari ofu de doo desuka?

☑ 有5千日圓上下的東西嗎？

5千円前後の物はおいていませんか。

gosen en zengo no mono wa oite imasenka?

超迷你句　（「ぐらい」是上下、左右之意）

5千円ぐらいのはありますか。

gosen en gurai nowa arimasuka.

☑ 可以讓我看便宜一點的大衣嗎？

あまり高<ruby>高<rt>たか</rt></ruby>くないコートを<ruby>見<rt>み</rt></ruby>せてもらえませんか。

amari takakunai kooto o misete moraemasenka?

超迷你句

<ruby>安<rt>やす</rt></ruby>いコートはありますか。

yasui kooto wa arimasuka.

 應急單字

<ruby>安<rt>やす</rt></ruby>い	便宜的
<ruby>高<rt>たか</rt></ruby>い	貴的
ディスカウント	打折
<ruby>割引<rt>わりびき</rt></ruby>	打折
<ruby>偽物<rt>にせもの</rt></ruby>	假貨
<ruby>本物<rt>ほんもの</rt></ruby>	真貨

これは免税で買えますか。

kore wa menzee de kaemasuka?

超迷你句 （指著東西說）

免税にできますか。

menzee ni dekimasuka.

☐ 在哪裡算帳呢？

お勘定はどこでしょうか。

okanjoo wa doko deshooka?

超迷你句

支払いはどこで。

shiharai wa dokode.

☐ 全部要多少錢？

全部でいくらになりますか。

zenbu de ikura ni narimasuka?

超迷你句

全部でいくら。

zenbu de ikura.

第 **5** 章

逛街購物

☑ 這裡可以刷卡嗎？

こちらはクレジットカードは使えますか。

kochira wa kurejitto kaado wa tsukaemasuka?

超迷你句 （邊出示信用卡邊說）

カードでいいですか。

kaado de ii desuka?

 應急單字

VISA	VISA卡
Master	Master卡
UC	UC卡
アメリカン・エクスプレス	American Express卡
JCB	JCB卡

☑ 這是含稅的價錢嗎？

これは税金込みの値段でしょうか。

kore wa zeekinkomi no nedan deshooka?

超迷你句 （指著價錢說）

消費税は。

shoohizee wa.

☑ 計算好像有錯。

計算が間違っているようですが。

keesan ga machigatte iru yoo desuga.

超迷你句 （出示收據說）

間違ってます。

machigatte masu.

☑ 請再查一次。

もう一度チェックしてみてください。

moo ichido chekku shite mite kudasai.

超迷你句

チェックしてください。

chekku shite kudasai.

MP3 34

☐ 這件襯衫尺寸不合，我想退貨。

このシャツはサイズが合わないので、返品したいのですが。

kono shatsu wa saizu ga awanai node, henpin shitai no desuga.

超迷你句 （出示襯衫説）

返品したいです。

henpin shitai desu.

☐ 我想把這件黑的換這件紅的。

この黒いのをこの赤いのに交換してください。

kono kuroi noo kono akai noni kookan shite kudasai.

超迷你句 （拿起黑色跟紅色並做交換動作）

交換できますか。

kookan deki masuka.

☐ 這件大衣沾有污垢。

このコートにしみが付いていました。

kono kooto ni shimi ga tsuite imashita.

超迷你句

しみがあります。

shimi ga arimasu.

汚れ	汚垢
しみ	汚垢
ほつれ	脱線
破れている	破洞
不良品	不良品

☑ 可以退貨嗎？

返金してもらえますか。

henkin shite moraemasuka?

超迷你句

返金できますか。

henkin dekimasuka.

☑ 改好了可以通知我嗎？

直ったら連絡してもらえませんか。

naottara renraku shite moraemasenka?

超迷你句

できたら電話してください。

dekitara denwa shite kudasai.

隨手
筆記

第六章

觀光

❶ 在旅遊服務中心
❷ 在旅遊地

MP3
35

☑ 有沒有市內觀光團。

しない かんこう
市内 観光のツアーはあるでしょうか。

shinai kankoo no tsuaa wa aru deshooka?

超迷你句

しない かんこう
市内 観光はありますか。

shinai kankoo wa arimasuka.

☑ 有去箱根的觀光團嗎？

はこね い
箱根へ行くツアーはありますか。

hakone e iku tsuaa wa arimasuka?

超迷你句

はこね
箱根のツアーは。

hakone no tsuaa wa.

☑ 有沒有一天行程的觀光團？

いちにち
一日のツアーはありませんか。

ichinichi no tsuaa wa arimasenka?

超迷你句

いちにち い
一日ツアーに行きたいです。

ichinichi tsuaa ni ikitai desu.

172

一日ツアー <small>いちにち</small>	一天行程觀光團
半日ツアー <small>はんにち</small>	半天行程觀光團
ナイトツアー	晚上行程觀光團
フェリーのツアー	乘坐遊艇觀光團
温泉ツアー <small>おんせん</small>	洗溫泉觀光團
お花見ツアー <small>はなみ</small>	賞花觀光團

☑ 想去京都玩。

京都へ旅行したいのですが。
<small>きょうと りょこう</small>

kyooto he ryokoo shitai no desuga.

超迷你句

京都へ行きたいです。
<small>きょうと い</small>

kyooto e ikitai desu.

☑ 有滑雪的團嗎？

スキーツアーはありませんか。

sukii tsuaa wa arimasenka?

超迷你句

スキーツアーは。

sukii tsuaa wa.

☑ 有遊東京名勝的團嗎？

東京の観光名所のツアーはありませんか。

tookyoo no kankoo meesho no tsuaa wa arimasenka?

超迷你句

東京の名所ツアーは。

tookyoo no meesho tsuaa wa.

☑ 我想參加晚上行程的觀光團。

ナイトツアーに参加したいのですが。

naito tsuaa ni sanka shitai no desuga.

超迷你句

ナイトツアーに行きたいです。

naito tsuaa ni ikitai desu.

めいしょ 名所	名勝地區
お寺	寺廟
じんじゃ 神社	神社（日本獨特專屬寺廟）
しろ お城	城堡
ふる まち 古い 町	古街

名勝地區

寺廟

神社

古街

☑ 這裡有乘坐遊艇的觀光團嗎？

ここはフェリーのツアーはありますか。

koko wa fuerii no tsuaa wa arimasuka?

超迷你句

フェリーのツアーは。

ferii no tsuaa wa.

□ 有遊覽市郊行程的觀光團嗎？

郊外を回るツアーはありますか。

koogai o mawaru tsuaa wa arimasuka?

超迷你句

郊外へ行くツアーは。

koogai e iku tsuaa wa.

□ 可以參加今天的這個團嗎？

今日、このツアーに参加できますか。

kyoo, kono tsuaa ni sanka dekimasuka?

超迷你句 （指著想參加的團說）

今日、これに行きたいです。

kyoo, kore ni ikitai desu.

□ 請告訴我這個觀光團的行程。

このツアーの内容を教えてもらえませんか。

kono tsuaa no naiyoo o oshiete moraemasenka?

超迷你句 （指著想參加的團說）

どんなツアーですか。

donna tsuaa desuka?

☑ 這個團是搭遊覽車去的嗎？

このツアーはバスで行くのでしょうか。

kono tsuaa wa basu de iku no deshooka?

超迷你句

バスを使いますか。

basu o tsukai masuka.

☑ 去遊覽時，要帶哪些東西？

ツアーに行くとき、何を持っていったらいいですか。

tsuaa ni iku toki, nani o motte ittara ii desuka?

超迷你句

何か必要なものはありますか。

nanika hitsuyoo na mono wa arimasuka.

☑ 哪個團比較有人氣呢？

どの観光ツアーに人気がありますか。

dono kankoo tsuaa ni ninki ga arimasuka?

超迷你句

人気があるのは。

ninki ga aruno wa .

☑ 那個團有自由活動時間嗎？

そのツアーでは自由時間はとれますか。
sono tsuaa dewa jiyuu jikan wa roremasuka?

超迷你句 ──────────────
（指著想參加的團說）

フリータイムはありますか。
furii taimu wa arimasuka.

☑ 最好帶外套比較好嗎？

コートを持っていった方がいいでしょうか。
kooto o motte ittahoo ga ii deshooka?

超迷你句 ──────────────

コートは必要ですか。
kooto wa hitsuyoo desuka?

 應急單字

美術館	美術館
水族館	水族館
遊園地	遊樂園
牧場	牧場
ディズニーランド	迪斯奈樂園
東京タワー	東京鐵塔

☑ 這些旅行團有什麼不同？

これらのツアーはどこが違うのですか。

korera no tsuaa wa doko ga chigau no desuka?

超迷你句　　（指著想參加的各種團說）

違いは何ですか。

chigai wa nan desuka?

☑ 這個半天行程的團要花幾個鐘頭？

この半日のツアーは何時間かかりますか。

kono hannichi no tsuaa wa nan jikan kakarimasuka?

超迷你句　　（指著半天行程的團說）

これは何時間のツアーですか。

kore wa nan jikan no tsuaa desuka?

☑ 這個旅行團幾點可以回來？

ツアーは何時に帰ってこられますか。

tsuaa wa nanji ni kaette koraremasuka?

超迷你句

何時に終わりますか。

nanji ni owarimasuka.

ガイドさんは付^つけてもらえるでしょうか。

gaido san wa tsukete moraeru deshooka?

ガイドはいますか。

gaido wa imasuka.

應急單字

中国語 ちゅうごくご	中國話
英語 えいご	英語
日本語 にほんご	日語
日帰り ひがえ	一天往返（遊覽）
待ち合わせ ま あ	集合
受付 うけつけ	受理；櫃臺

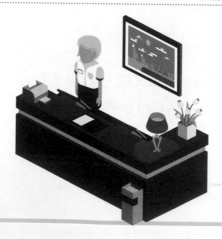

☑ 我需要附中國導遊。

中国人のガイドさんを付けてもらえるでしょうか。

chuugokujin no gaido san o tsukete moraeru deshooka?

超迷你句

中国人ガイドが必要です。

chuugokujin gaido ga hitsuyoo desu.

☑ 麻煩你附加一個個人導遊。

個人でガイドさんをお願いしたいのですが。

kojin de gaido san o onegai shitai no desuga.

超迷你句

個人のガイドをお願いします。

kojin no gaido o onegai shimasu.

☑ 這個團定員幾位？

このツアーの定員は何名でしょうか。

kono tsuaa no teein wa nanmee deshooka?

超迷你句

定員は。

teein wa.

☑ 是從哪裡出發？

出発はどこからでしょうか。

shuppatsu wa doko kara deshooka?

超迷你句

どこから出発しますか。

doko kara shuppatsu shimasuka.

☑ 旅行團什麼時候出發？

ツアーはいつ出発でしょうか。

tsuaa wa itsu shuppatsu deshooka?

超迷你句

何時に出発しますか。

nanji ni shuppatsu shimasuka.

☑ 幾點回到這裡？

何時にここに戻ってくるのでしょうか。

nanji ni koko ni modotte kuru no deshooka?

超迷你句

何時に戻ってきますか。

nanji ni modotte kimasuka.

☑ 這個團的費用是多少？

このツアーの費用はいくらでしょうか。

kono tsuaa no hiyoo wa ikura deshooka?

超迷你句　（指著想參加的團說）

いくらですか。

ikura desuka?

☑ 除此之外，還有什麼必需支付的？

これ以外にも何かまだ払わなければなりませんか。

kore igai nimo nanika mada harawanakereba
narimasenka?

超迷你句

ほかに費用は必要ですか。

hoka ni hiyoo wa hitsuyoo desuka?

☑ 這個旅行團有附餐嗎？

このツアーには食事代は入っていますか。

kono tsuaa niwa shokujidai wa haitte imasuka?

超迷你句

食事込みですか。

shokuji komi desuka?

にゅうじょうりょう 入 場 料	入場費
にゅうよくりょう 入 浴 料	入浴費
しょくじだい 食 事 代	用餐費
こうつうひ 交通費	交通費
べつりょうきん 別 料 金	另付費用

☑ 現在，在這裡付款嗎？

今ここで料金を払うのですか。
いま　　　　りょうきん　はら

ima koko de ryookin o harau no desuka?

超迷你句

今支払うのですか。
いま しはら

ima shiharau no desuka?

☑ 這裡可以預約旅行團嗎？

ここでツアーの予約はできますか。
よやく

koko de tsuaa no yoyaku wa dekimasuka?

超迷你句

今予約できますか。
いま よやく

ima yoyaku dekimasuka.

☑ 我們有4個人想參加下個星期日的這個旅行團。

来週の日曜日、このツアーに４人参加したいん
ですが。

raishuu no nichiyoobi, kono tsuaa ni yonin sanka
shitain desuga.

超迷你句

来週の日曜、４人参加します。

raishuu no nichiyoo, yonin sanka shimasu.

☑ 這個團學生有打折嗎？

このツアーは、学生割引はしていますか。

kono tsuaa wa, gakusee waribiki wa shite imasuka?

超迷你句 （指著想參加的團說）

学割はありますか。

gakuwari wa arimasuka.

☑ 這個團還有空位嗎？

このツアーにはまだ空席はありますか。

kono tsuaa niwa mada kuuseki wa arimasuka?

超迷你句 （指著想參加的團說）

空きはありますか。

aki wa arimasuka.

2 在旅遊地

☐ 那個建築物是什麼？

あの建物は何ですか。

ano tatemono wa nan desuka?

超迷你句 （指著建築物說）

あれは何ですか。

are wa nan desuka?

☐ 在那裡的那個湖叫什麼名字？

そちらにある湖は何という名前ですか。

sochira ni aru mizuumi wa nan to iu namae desuka?

超迷你句

それはなに湖ですか。

sore wa nani ko desuka?

☐ 這座橋相當古老吧？

この橋は非常に古いものですか。

kono hashi wa hijoo ni furui mono desuka?

超迷你句 （指著橋說）

これは古そうですね。

kore wa furu soo desune.

海 うみ	海
川 かわ	河川
山 やま	山
景色 けしき	景色
きれい	漂亮、美麗
すばらしい	極美、壯觀

☑ 這裡拍照沒關係吧？

ここは写真を撮ってもかまいませんか。

koko wa shashin o tottemo kamaimasenka?

超迷你句

写真を撮ってもいいですか。

shashin o tottemo ii desuka?

☑ 廁所在哪裡？

トイレはどこですか。

toire wa doko desuka?

超迷你句

トイレは。

toire wa.

☑ 大約幾點出發？

出発は何時ごろですか。
shuppatsu wa nanji goro desuka?

超迷你句

いつ出発しますか。
itsu shuppatsu shimasuka.

☑ 這裡停留多久？

ここにどのくらいいますか。
koko ni dono kurai imasuka?

超迷你句

何分いますか。
nanpun imasuka.

☑ 可以幫我拍個照嗎？

写真を撮っていただけませんか。
shashin o totte itadakemasenka?

超迷你句

シャッターをお願いします。
shattaa o onegai shimasu.

第七章

娛樂

❶ 觀賞歌劇、音樂會

MP3 37

☑ 我想去聽音樂會。

コンサートを聞^ききに行^いきたいのですが。

konsaato o kiki ni ikitai no desuga.

超迷你句

コンサートに行^いきたいです。

konsaato ni ikitai desu.

☑ 在哪裡可以買到入場券？

チケットはどこで買^かえますか。

chiketto wa doko de kaemasuka?

超迷你句

チケットはどうしますか。

chiketto wa doo shimasuka.

☑ 可以麻煩您幫我預約嗎？

私^{わたし}のかわりに予約^{よやく}していただけますか。

watashi no kawari ni yoyaku shite itadakemasuka?

超迷你句

予約^{よやく}してください。

yoyaku shite kudasai.

☑ 有當天的入場券嗎？

当日券はありますか。
とうじつけん
toojitsuken wa arimasuka?

超迷你句

当日券は。
とうじつけん
toojitsuken wa.

☑ 還有空位嗎？

席はまだありますか。
せき
seki wa mada arimasuka?

超迷你句

チケットは残っていますか。
のこ
chiketto wa nokotte imasuka.

☑ 請給我星期五兩張。

金曜日の席を２枚お願いします。
きんようび　せき　にまい　ねが
kinyoobi no seki o nimae onegai shimasu.

超迷你句

金曜日を２枚。
きんようび　にまい
kin yoobi o ni mai.

☑ 還有對號座位嗎？

指定席はまだありますか。
していせき

shitee seki wa mada arimasuka?

超迷你句

指定席は。
していせき

shitee seki wa.

☑ 請給我前面的位子。

前の方の席をお願いします。
まえ　ほう　せき　ねが

mae no hoo no seki o onegai shimasu.

超迷你句

前の方がいいです。
まえ　ほう

mae no hoo ga ii desu.

應急單字

劇 場 げきじょう	劇場
映画館 えいがかん	電影院
公園 こうえん	公園
歌舞伎座 かぶきざ	歌舞伎院（日本傳統歌劇劇院）
グラウンド	運動場
武道館 ぶどうかん	武道館（室內運動場）

☑ 入場費要多少錢？

入場料はおいくらですか。
にゅうじょうりょう

nyuujooryoo wa oikura desuka?

超迷你句

いくらですか。
ikura desuka?

☑ 音樂會幾點開始？

コンサートは何時から始まりますか。
なんじ　　　はじ

konsaato wa nanji kara hajimarimasuka?

超迷你句

何時からですか。
なんじ

nanji kara desuka?

☑ 休息時間有多久？

休憩時間はどれくらいですか。
きゅうけい　じかん

kyuukee jikan wa dore kurai desuka?

超迷你句

休憩は何分ですか。
きゅうけい　なんぷん

kyuukee wa nanpun desuka?

☑ 戲劇是幾點結束？

芝居は何時におわりますか。
しばい　　なんじ

shibai wa nanji ni owarimasuka?

超迷你句

何時までですか。
なんじ

nanji made desuka?

應急單字

ライブ	現場演唱會
オペラ	歌劇
ミュージカル	歌舞劇
路上パフォーマンス	街頭表演（演唱）

街頭表演（演唱）

第八章

交通

☑ 我迷路了。

道に迷ってしまいました。
michi ni mayotte shimaimashita.

超迷你句

道がわかりません。
michi ga wakarimasen.

☑ 這裡是這張地圖上的哪裡？

この地図だと、ここはどこになりますか。
kono chizu dato, koko wa doko ni narimasuka?

超迷你句 （出示地圖說）

ここはどこですか。
koko wa doko desuka?

☑ 這裡是什麼地方？

ここは何という所でしょうか。
koko wa nan to iu tokoro deshooka?

超迷你句

ここはなに町ですか。
koko wa nani machi desuka?

今私がいるのは、どこでしょうか。
いま わたし

ima watashi ga iru nowa, doko deshooka?

`超迷你句`

ここはどこですか。
koko wa doko desuka?

この近くに駅はありますか。
ちか　　えき

kono chikaku ni eki wa arimasuka?

`超迷你句`

駅はどこですか。
えき

eki wa doko desuka?

駅へ行くのはこの道でいいでしょうか。
えき　い　　　　　　みち

eki e iku nowa kono michi de ii deshooka?

`超迷你句` （指著方向說）

駅はこっちですか。
えき

eki wa kocchi desuka?

第**8**章 交通

197

☐ 離這裡最近的銀行要怎麼走？

<ruby>一番近<rt>いちばんちか</rt></ruby>い<ruby>銀行<rt>ぎんこう</rt></ruby>まではどうやって<ruby>行<rt>い</rt></ruby>けばいいですか。

ichiban chikai ginkoo made wa doo yatte ikeba ii desuka?

超迷你句

<ruby>銀行<rt>ぎんこう</rt></ruby>はどこですか。

ginkoo wa doko desuka?

☐ 可以麻煩您帶我到那裡去嗎？

そこまで<ruby>連<rt>つ</rt></ruby>れていっていただけませんか。

soko made tsurete itte itadakemasenka?

超迷你句

<ruby>連<rt>つ</rt></ruby>れていってください。

tsurete itte kudasai.

應急單字

<ruby>右<rt>みぎ</rt></ruby>	右邊
<ruby>左<rt>ひだり</rt></ruby>	左邊
<ruby>隣<rt>となり</rt></ruby>	隔壁
<ruby>右<rt>みぎ</rt></ruby>に<ruby>曲<rt>ま</rt></ruby>がる	右轉
<ruby>突<rt>つ</rt></ruby>き<ruby>当<rt>あ</rt></ruby>たり	盡頭
まっすぐ<ruby>行<rt>い</rt></ruby>く	直走

ここからそこまで遠いでしょうか。

koko kara soko made tooi deshooka?

超迷你句

遠いですか。

tooi desuka?

この住所はどう行けばいいでしょうか。

kono juusho wa doo ikeba ii deshooka?

超迷你句 （出示寫有地址的紙條說）

これはどちらですか。

kore wa dochira desuka?

それはこの道の右にありますか、左ですか。

sore wa kono michi migi ni arimasuka, hidari desuka?

超迷你句 （邊指著道路邊說）

右側ですか、左側ですか。

migigawa desuka, hidarigawa desuka?

第 **8** 章 交通

地図を描いていただけませんか。
chizu o egaite itadakemasenka?

地図を描いてください。
chizu o kaite kudasai.

應急單字

しんごう 信号	紅綠燈
こうさてん 交差点	交叉路
おおどお 大通り	大馬路
ふみきり 踏切	平交道
おうだん ほどう 横断歩道	斑馬線
こうしゅう でんわ 公衆電話	公用電話

紅綠燈

公用電話

斑馬線

☑ 可以走到的距離嗎？

歩いて行ける距離ですか。
aruite ikeru kyori desuka?

超迷你句

歩けますか。
aruke masuka.

☑ 走路大概要花多少時間？

歩くとどのくらいかかりますか。
aruku to dono kurai kakarimasuka?

超迷你句

歩いて何分ですか。
aruite nanpun desuka?

☑ 搭電車還是搭公車好呢？

電車とバスではどっちで行く方がいいでしょうか。
densha to basu dewa docchi de ikuhoo ga ii deshooka?

超迷你句

電車がいいですか。それともバス。
densha ga ii desuka? sore tomo basu.

第8章 交通

201

2 坐計程車

☑ 計程車招呼站在哪裡？

タクシー乗り場はどこでしょうか。

takushii noriba wa doko deshooka?

超迷你句

タクシーに乗りたいです。

takushii ni noritai desu.

☑ 對不起。可以麻煩你幫我叫一部計程車嗎？

すみません、タクシーを呼んでもらえませんか。

sumimasen, takushii o yonde moraemasenka?

超迷你句

タクシーをお願いします。

takushii o onegai shimasu.

☑ 我到東京車站。

東京駅までお願いします。

tookyooeki made onegai shimasu.

超迷你句　（跟計程車司機說）

東京駅。

tookyoo eki.

202

☑ 請你直走。

まっすぐ行<ruby>い</ruby>ってください。
massugu itte kudasai.

超迷你句

まっすぐお願<ruby>ねが</ruby>いします。
massugu onegai shimasu.

☑ 請在下一個轉角左轉。

次<ruby>つぎ</ruby>の角<ruby>かど</ruby>を左<ruby>ひだり</ruby>へ曲<ruby>ま</ruby>がってください。
tsugi no kado o hidari e magatte kudasai.

超迷你句

次<ruby>つぎ</ruby>を左<ruby>ひだり</ruby>へ。
tsugi o hidari e.

☑ 我要到這上面的住址的地方。

この住所<ruby>じゅうしょ</ruby>のところへ行<ruby>い</ruby>ってください。
kono juusho no tokoro e itte kudasai.

超迷你句　　（出示寫有地址的紙條說）

ここへお願<ruby>ねが</ruby>いします。
koko e onegai shimasu.

☑ 請再開快一點。

もう少しはやく走ってください。

moo sukoshi hayaku hashitte kudasai.

超迷你句

はやくお願いします。

hayaku onegai shimasu.

☑ 請在這裡等一下。

ここで待っていてくださいますか。

koko de matte ite kudasaimasuka?

超迷你句

ちょっと待っていてください。

chotto matte ite kudasai.

☑ 我在那棟黑色大樓前下車。

あの黒いビルの前で降ります。

ano kuroi biru no mae de orimasu.

超迷你句

あのビルの前で。

ano biru no mae de.

□ 我在這裡下車。

ここで降ります。

koko de orimasu.

超迷你句

ここで。

koko de.

□ 請在這裡停車。

ここで止めてください。

koko de tomete kudasai.

超迷你句

ここでいいです。

koko de ii desu.

3 坐電車、地鐵

☑ 能給我地鐵的行車路線圖嗎？

地下鉄の路線図をもらえませんか。

chikatetsu no rosenzu o moraemasenka?

超迷你句

路線図をください。

rosenzu o kudasai.

☑ 坐哪一班電車可以到上野？

上野へ行くにはどの電車に乗ればいいですか。

ueno e iku niwa dono densha ni noreba ii desuka?

超迷你句

上野行きは、どれですか。

ueno yuki wa dore desuka?

☑ 開往新宿的電車是在第幾月台？

新宿行きの電車は何番線からでしょうか。

shinjuku yuki no densha wa nanbansen kara deshooka?

超迷你句

新宿行きは、どのホームですか。

sinjukuyuki wa dono hoomu desuka?

☑ 這自動售票機怎麼用？

この自動券売機はどうやって使うのですか。

kono jidookenbaiki wa doo yatte tsukau no desuka?

超迷你句　　（指著自動售票機說）

使い方を教えてください。

tsukaikata o oshiete kudasai.

☑ 在哪一站下好呢？

どの駅で降りればいいでしょうか。

dono eki de orireba ii deshooka?

超迷你句　　（拿著路線圖問會更清楚）

どの駅で降りますか。

dono eki de @orimasuka.

☑ 快車在大森站有停嗎？

急行は大森にとまるでしょうか。

kyuukoo wa oomori ni tomaru deshooka?

超迷你句

急行は大森にとまりますか。

kyuukoo wa oomori ni tomarimasuka.

☑ 這班地鐵在涉谷有停嗎？

この地下鉄は渋谷に止まりますか。

kono chikatetsu wa shibuya ni tomarimasuka?

超迷你句

渋谷に行きますか。

shibuya ni ikimasuka.

☑ 坐地鐵去銀座，要在哪裡換車？

銀座へ行くのにどこで地下鉄を乗り換えるのでしょうか。

ginza e iku noni doko de chikatetsu o norikaeru no deshooka?

超迷你句 （拿著路線圖問會更清楚）

銀座に行きます。どこで乗り換えますか。

ginza ni ikimasu. doko de norikae masuka.

 應急單字

出口	出口
入り口	入口
乗り換え	**換車**
乗り越す	坐過站
ホーム	月台
運転手	司機

☑ 在哪裡換電車？

どこで電車を乗り換えればいいのでしょうか。

doko de densha o norikaereba ii no deshooka?

超迷你句

どこで乗り換えますか。

doko de norikae masuka.

☑ 到那裡要幾站？

そこまでに駅はいくつあるんですか。

soko made ni eki wa ikutsu arun desuka?

超迷你句　（指著要去的站說）

いくつ目の駅ですか。

ikutsume no eki desuka?

☑ 下一站是哪裡？

次の駅はどこですか。

tsugi no eki wa doko desuka?

超迷你句

次はどこですか。

tsugi wa doko desuka?

☑ 請給我兩張東京都內周遊券。

とうきょうとない しゅうゆうけん に まい
東京都内の周遊券を2枚ください。

tookyoo tonai no shuuyuuken o nimae kudasai.

超迷你句

と ない しゅうゆうけん に まい
都内 周遊券、 2枚。

tonai shuuyuuken, ni mai.

應急單字

きっぷ 切符	車票
かいすうけん 回数券	回數票
じょうしゃけん 乗車券	車票
しゅうゆうけん 周遊券	周遊券
うんちん 運賃	車費

車票

車票

周遊券

☐ 到成田機場多少車錢？

成田空港までの運賃はいくらでしょうか。
なりた　くうこう　　　　　　うんちん

narita kuukoo made no unchin wa ikura deshooka?

超迷你句

成田空港までいくらですか。
なりた　くうこう

narita kuukoo made ikura desuka?

☐ 我坐過站了，請你算一下。

乗り越し精算をお願いします。
の　こ　せいさん　　　　ねが

norikoshi seesan o onegai shimasu.

超迷你句

乗り越しです。
の　こ

norikoshi desu.

☐ 往東京鐵塔的出口在哪裡？

東京タワーへの出口はどちらですか。
とうきょう　　　　　　でぐち

tookyoo tawaa eno deguchi wa dochira desuka?

超迷你句

東京タワーはどっち。
とうきょう

tookyoo tawaa wa docchi.

4 坐巴士

☑ 12號公車在哪裡坐？

１２番のバスはどこから乗るのでしょうか。
juuni ban no basu wa dokokara noru no deshooka?

超迷你句

１２番のバス停は。
juuniban no basutee wa.

☑ 這附近有公車站牌嗎？

この近くにバス停はあるでしょうか。
kono chikaku ni basutee wa aru deshooka?

超迷你句

バス停はどこですか。
basutee wa doko desuka?

☑ 這裡是往池袋的公車站牌嗎？

池袋行きのバスはこれでしょうか。
ikebukuro yuki no basu wa kore deshooka?

超迷你句 （指著公車站牌說）

これは池袋へ行きますか。
kore wa ikebukuro e ikimasuka.

あおやま　どお　　と
青山通りに止まるのはどのバスですか。

aoyama toori ni tomaru nowa dono basu desuka?

`超迷你句`

あおやまどお　　ゆ
青山通り行きのバスは。

aoyama doori yuki no basu wa.

☐ 下一班往六本木的公車是幾點發車？

つぎ　　ろっぽんぎ　ゆ　　　　　　　　　で
次の六本木行きのバスはいつ出ますか。

tsugi no roppongi yuki no basu wa itsu demasuka?

`超迷你句`

ろっぽんぎ　ゆ　　　　なんじ　　で
六本木行きは何時に出ますか。

roppongi yuki wa nanji ni demasuka.

☐ 這班公車有到品川飯店嗎？

しながわ　　　　　　　　い
このバスは品川ホテルに行きますか。

kono basu wa shinagawa hoteru ni ikimasuka?

`超迷你句`　　（問公車司機）

しながわ　　　　　　　い
品川ホテルに行きますか。

shinagawa hoteru ni ikimasuka.

☑ 搭公車大概要花多少時間？

バスだとどのくらい時間がかかるでしょうか。

basu dato dono kurai jikan ga kakaru deshooka?

超迷你句

バスでどのぐらいですか。
basu de dono gurai desuka?

☑ 上公車時就付錢嗎？

バスに乗るときにお金を払うのですか。

basu ni noru toki ni okane o harau no desuka?

超迷你句

乗るときお金を払いますか。
noru toki okane o haraimasuka.

☑ 從這裡到原宿的車費是多少？

ここから原宿までの料金はいくらですか。

koko kara harajuku made no ryookin wa ikura desuka?

超迷你句

原宿までいくらですか。
harajuku made ikura desuka?

☑ 我在下一站下車。

次のバス停で降ろしてください。

tsugi no basutee de orosite kudasai.

超迷你句

次で降ります。

tsugi de orimasu.

☑ 如果到了中心醫院，請通知我一下。

センター病院についたら教えてください。

sentaa byooin ni tsuitara oshiete kudasai.

超迷你句

センター病院で降ります。教えてください。

sentaa byooin de orimasu. oshiete kudasai.

隨手筆記

第九章

郵局、電話

MP3 42

☑ 麻煩這封信要寄到台灣。

この手紙を台湾までお願いします。

kono tegami o taiwan made onegai shimasu.

超迷你句 （邊遞出信邊說）

台湾まで。

taiwan made.

☑ 我想寄這張明信片到台灣。

このはがきを台湾に出したいのですが。

kono hagaki o taiwan ni dashitai no desuga.

超迷你句 （邊遞明信片邊說）

台湾にお願いします。

taiwan ni onegai shimasu.

☑ 麻煩這包裹用船運。

この小包を船便でお願いします。

kono kozutsumi o funabin de onegai shimasu.

超迷你句 （邊遞出包裹邊說）

船便で。

funabin de.

應急單字

こうくうびん 航空便	航空（信）
ふなびん 船便	船運
ゆうびんばんごう 郵便番号	郵遞區號
そくたつ 速達	快遞
かきとめ 書留	掛號信
いんさつぶつ 印刷物	印刷品

航空

船運

快遞

☑ 掛號費是多少？

かきとめ　りょうきん
書留の料金はいくらですか。

kakidome noryookin wa ikura desuka?

超迷你句

かきとめ
書留はいくらですか。
kakitome wa ikura desuka?

MP3
43

☑ 喂！小林先生在嗎？

もしもし、小林さんいらっしゃいますか。
moshimoshi, kobayashi san irasshaimasuka?

超迷你句

小林さんをお願いします。
kobayashi san o onegai shimasu.

☑ 我叫王建華。

私は王建華と申します。
watashi wa oo ken ka to mooshimasu.

超迷你句

王建華です。
oo ken ka desu.

☑ 對不起。我不會說日語。

すみません、日本語が話せません。
sumimasen, nihongo ga hanasemasen.

超迷你句

日本語はわかりません。
nihongo wa wakarimasen.

☑ 有會說英語的人嗎？

英語の話せる方はいらっしゃいますか。

eego no hanaseru kata wa irasshaimasuka?

超迷你句

英語がわかる方は。

eego ga wakaru kata wa.

☑ 能幫我打電話嗎？

私のかわりに電話をかけてくれませんか。

watashi no kawari ni denwa o kakete kuremasenka?

超迷你句

私のかわりにかけてください。

watashi no kawarini kakete kudasai.

☑ 這是電話號碼。

これが電話番号です。

kore ga denwa bangoo desu.

超迷你句 （出示寫有電話號碼的紙條說）

これです。

kore desu.

☑ 對不起。打錯了。

すみません。電話をかけ間違えました。

sumimasen, denwa o kake machigaemashita.

超迷你句　　　　（打錯電話時，最好說聲對不起）

すみません。間違えました。

sumimasen. machigae mashita.

☑ 能麻煩幫我帶個口信嗎？

伝言をお願いできますか。

dengon o onegai dekimaska?

超迷你句

メッセージをお願いします。

messeeji o onegai shimasu.

☑ 請轉告他，給我回電。

私に電話をするよう彼に伝えてください。

watashi ni denwa o suru yoo kare ni tsutaete kudasai.

超迷你句

電話するように言ってください。

denwa suru yoo ni itte kudasai.

222

☑ 我的電話是03-1234-5678。

_{わたし　でんわ　ばんごう　　ぜろさん　の　いちにさんよん　の　ごろくなななはち}
私の電話番号は０３－１２３４－５６７８です。

watashi no denwa bangoo wa zerosan- ichinisanyon-gorokunanahachi desu.

超迷你句　　（「-」的地方要停頓一下）

_{とうきょういちにさんよん　の　ごろくなななはち}
東京１２３４－５６７８です。

tookyoo, ichi ni san yon no go roku shichi hachi desu.

☑ 那麼我掛電話了。

_{しつれい}
では失礼いたします。

dewa shitsuree itashimasu.

超迷你句

_{しつれい}
失礼します。

shitsuree shimasu.

☑ 我想打越洋電話到台灣。

^{たいわん} ^{こくさい でん わ}
台湾へ国際電話をかけたいのですが。

taiwan e kokusai de wa o kaketai no desuga.

超迷你句

^{たいわん} ^{こくさい でん わ}
台湾へ国際電話を。

taiwan e kokusai den wa o.

☑ 我是中田，304號房。

^{なか た} ^{へ や} ^{さんまるよんごうしつ}
中田です。部屋は３０４号室です。

nakata desu. heya wa sanmaruyon gooshitsu desu.

超迷你句

^{さんまるよん} ^{なか た}
３０４の中田です。

san maru yon no nakata desu.

☑ 我想打對方付費電話。

コレクトコールをかけたいのですが。

korekuto kooru o kaketai no desuga.

超迷你句

コレクトコールお願^{ねが}いします。

korekuto kooru onegai shimasu.

 應急單字

指名電話 _{しめいでんわ}	指名電話
番号通話 _{ばんごうつうわ}	不指名電話
コレクトコール	對方付費電話

隨手
筆記

第十章

遇到麻煩

① 東西掉了

② 被偷、被搶時

1 東西掉了

☑ 我的錢包掉了。

私は財布をなくしました。
わたし　さいふ

watashi wa saifu o nakushimashita.

超迷你句

財布がありません。
さいふ

saifu ga arimasen.

☑ 皮包放在計程車內忘了拿。

タクシーの中にバッグを置き忘れました。
なか　　　　　　　　　お　わす

takushii no naka ni baggu o okiwasuremashita.

超迷你句

タクシーにバッグを忘れました。
わす

takushii ni baggu o wasure mashita.

☑ 裡面有現金跟信用卡。

中に現金とカードが入っています。
なか　げんきん　　　　　　　はい

naka ni genkin to kaado ga haitte imasu.

超迷你句

中は現金とカードです。
なか　げんきん

naka wa genkin to kaado desu.

☑ 是褐色皮製的皮包。

茶色の革製のバッグです。

chairo no kawasee no baggu desu.

超迷你句

茶色の革です。

chairo no kawa desu.

☑ 最近的派出所在哪裡？

一番近い警察署はどこですか。

ichiban chikai keesatsusho wa doko desuka?

超迷你句

警察はどこですか。

keesatsu wa doko desuka?

☑ 我想打電話到台北駐日經濟文化代表處去。

台北駐日経済文化代表処に電話をしたいのですが。

taipei chuunichi keezai bunka daihyoosho ni denwa o
shitai no desuga.

超迷你句

台北駐日経済文化代表処に連絡したいです。

taipee chuunichi keezai bunka daihyoosho ni renraku shitai desu.

MP3 46

☑ 我的皮包被偷了。

私^{わたし}はバッグを盗^{ぬす}まれました。

watashi wa baggu o nusumaremashita.

超迷你句

バッグを取^とられました。

baggu o torare mashita.

☑ 皮包裡放有護照。

バッグの中^{なか}にはパスポートが入^{はい}っています。

baggu no naka niwa pasupooto ga haitte imasu.

超迷你句

パスポートが入^{はい}っています。

pasupooto ga haitte imasu.

☑ 可以請你幫我叫警察嗎？

警察^{けいさつ}に連絡^{れんらく}してくれませんか。

keesatsu ni renraku shite kuremasenka?

超迷你句

警察^{けいさつ}に電話^{でんわ}してください。

keesatsu ni denwa shite kudasai.

パトカー	警車
しょうぼうしゃ 消 防 車	消防車
きゅうきゅうしゃ 救 急 車	救護車
けいさつ 警察	警察
ひゃくとお ばん １１０番	110
ひゃくじゅうきゅうばん １１９番	119

警車

消防車

救護車

警察

☐ 小偷，抓住他！

すりだ、つかまえて！
surida, tsukamaete!

超迷你句

すりだ！
surida!

231

☑ 救命呀！

誰か助けて！
だれ たす

dare ka tasukete!

超迷你句

助けて！
たす

tasukete!

☑ 你幹什麼！

やめてください！

yamete kudasai!

超迷你句

やめて！

yamete!

隨手
筆記

國家圖書館出版品預行編目資料

世界最簡單：自助旅行日語/渡邊由里, 林小瑜合著.
-- 新北市：哈福企業有限公司, 2023.02
　面；　公分. --(日語系列；25)
ISBN 978-626-96765-7-6(平裝)

1.CST: 日語 2.CST: 旅遊 3.CST: 會話
　803.188　　　　　　　　　　111021754

免費下載QR Code音檔
行動學習，即刷即聽

世界最簡單: 自助旅行日語
(附QR Code線上學習音檔)

作者／渡邊由里, 林小瑜
責任編輯／ Kathy Chao
封面設計／李秀英
內文排版／ Lin Lin House
出版者／哈福企業有限公司
地址／新北市淡水區民族路 110 巷 38 弄 7 號
電話／ (02) 2808-4587
傳真／ (02) 2808-6545
郵政劃撥／ 31598840
戶名／哈福企業有限公司
出版日期／ 2023 年 2 月二刷　再版四刷／ 2024 年 3 月
台幣定價／ 349 元 （附 QR Code 線上 MP3)
港幣定價／ 116 元 （附 QR Code 線上 MP3)
封面內文圖 / 取材自 Shutterstock

全球華文國際市場總代理／采舍國際有限公司
地址／新北市中和區中山路 2 段 366 巷 10 號 3 樓
電話／ (02) 8245-8786
傳真／ (02) 8245-8718
網址／ www.silkbook.com 新絲路華文網

香港澳門總經銷／和平圖書有限公司
地址／香港柴灣嘉業街 12 號百樂門大廈 17 樓
電話／ (852) 2804-6687
傳真／ (852) 2804-6409

email ／ welike8686@Gmail.com
facebook ／ Haa-net 哈福網路商城

哈福